若さま同心　徳川竜之助【十一】

片手斬り

風野真知雄

双葉文庫

目次

片手斬り　若さま同心　徳川竜之助

序　章　動かぬ手

一

薩摩示現流の達人である中村半次郎は、江戸から京都に引き返すことにした。未練はある。だが、いたしかたない。

宿敵と見なした徳川竜之助を倒すため、江戸に出てきた。旧体制は徹底して打ちのめさなければならぬという西郷吉之助の戦略に即した行動である。徳川家に伝わる秘剣を打ち破ったとなれば、倒幕の機運もいっきに高まることになるはずだった。

だが、徳川竜之助の左手が使えなくなったような状態では、江戸にいる意味もない。

半次郎にとって、いまの徳川竜之助に勝つことは赤子の手をひねるよりもたやすい。真っ向から打ち破ってこそ、勝利を宣言できるのであって、いま戦えば逆に自分たちを汚すことになる。

西郷もこの判断をよしとしてくれるはずだった。

東海道を急いだ。

早春の旅。足取りも軽くなる。

だが、尾張(おわり)が近づくにつれ、なんとなく気持ちに変化が現れた。

――何かまだ、やるべきことがあるのではないか……。

半次郎は、かつて柳生新陰流(やぎゅうしんかげりゅう)の歴史について話を聞いたことがある。

柳生の剣は、早い時期から大きく二派に分かれたという。江戸と尾張である。

将軍家剣術指南の任を与えられた江戸柳生のほうが、当然、強いと思われがちである。だが、いまに至るまで、柳生は尾張のほうが強いとささやかれてきた。

尾張の柳生流を担ったのは、柳生兵庫助利厳(ひょうごのすけとしとし)、その子の柳生連也斎厳包(れんやさいとしかね)である。この父子こそ、柳生新陰流最強の剣士だという伝説もよく耳にしてきた。

「江戸柳生は大名に堕した。剣技は尾張柳生にあり」

とも言われる。

その後の江戸柳生のていたらくを見れば、うなずきたくもなる。

だが、江戸柳生には最強の風鳴（ふうめい）の剣がある。風の力をとらえ、それを剣の速さへと変える。切れと伸び。どうやっても、その剣の速さに追いつくことができない。

じっさい、これまでもさまざまな流派がその剣に立ち向かい、敗北を喫してきたという。

それでもなお、尾張柳生は優位を確信しているのか。

――何かおかしい。

と、中村半次郎は思った。その倨傲（きょごう）ぶりが、おかしいと。

もしかしたら、尾張柳生にも、秘剣が伝えられているのではないか……。

それは武芸者の勘であった。剣の道、いや、武芸全般において、突出、あるいは独善という方法は好まれない。それに対抗するすべを準備する。

風鳴の剣という新陰流最強の剣。これを身につけてしまえば、新陰流すべてに君臨することができる。それは強固な結束につながると同時に、ことがあれば全滅という事態も招く。繁栄するためには、逆に敵が必要になる。そういうものなのだ……。

では、敵とは何か。風鳴の剣に、拮抗できる剣。それがあっても何の不思議はない。

——ここまで来たついでだから、探ってみよう。

と、中村半次郎は思った。

さらに、思い出したこともあった。城下の竹林で風鳴の剣を伝授する者と相対した。どうやら、京都からずっと後をつけてきたようだった。

あのとき、どこかで誰かに見られている気配を感じた。そのあと、雷に打たれ、朦朧としてあの場を走り去ったが、あの男は誰かに助けられたのではなかったか。

尾張は奇妙なところなのである。ご三家の一つでありながら、将軍家とは微妙な距離を保っている。まるで反逆の意志を隠しているかのように。

その尾張について調べることを西郷も決して反対はしないだろう。

宮の宿で東海道から逸れた。

波の音が遠ざかる。

名古屋の城下はそこからおよそ一里半（六キロメートル）のところにある。

半次郎の足は速い。四半刻（三十分）ほどで町に入った。賑やかで、江戸の町並みと比べて派手な印象がある。京都と比べれば雑駁(ざっぱく)である。

手当たり次第、城下の道場を訪ねることにした。

最初に訪ねたところは、〈柳生鉄兆斎(てつちょうさい)道場〉と看板を掲げていた。道に面した窓からのぞくと、三十坪ほどの広間で、六人ほどが稽古の最中だった。

――踊りか。

他流の稽古を見ると、いつもそう思う。一撃必殺の気合が感じられないのだ。一人だけ道場の隅にいた男が、構えをあれこれ指導している。自分なら口で言わず、尻を蹴飛ばしているだろう。

「頼もう」

大声で怒鳴った。

「誰だ？」

構えを指導していた男が出てきて訊(き)いた。顔や身体つきを見ると、まだ三十後半くらいだが、髪は真っ白である。じつはもっと歳がいっているのかもしれない。

手には木刀を持っている。

「江戸から訪ねて参った者……」

　薩摩の名は出さないことにした。江戸から来たのは嘘ではない。

「……柳生鉄兆斎さまとお手合わせを願いたく」

「鉄兆斎はわしだが、紹介状はあるか？」

「いえ」

「もとより他流試合は断っている。よほど親しい者の紹介がある場合だけ、立ち合うことにいたしておる」

　と、すげなく言った。

「そこをなにとぞ」

「お帰りいただこう」

　振り向きかけるところを、

「では、無礼をいたすが」

　中村半次郎は途中で履き替えていた雪駄をすばやく脱ぐと、玄関口から中へ入った。

「きさま、何をいたす」

　それには返事をせず、半次郎は身体をぶつけるように間合いを詰めた。

　刀には手をかけていない。が、闘志は剝き出しにしている。

「うっ、こやつ」

呻きながら後ろへ下がった。

鉄兆斎は、道場へと逃げ込む。

「なにごとだ」

道場内がどよめいた。

半次郎は構わずに追う。まだ刀は抜かない。いっきに間合いを詰め、柳生鉄兆斎を追いつめる。

ほかの弟子たちは唖然として見守るばかりである。

鉄兆斎は木刀を持っていて、中村半次郎は素手なのに、打ち据えることができない。あいだはおよそ二尺（約六十センチメートル）。ここから離れもせず、詰めることもない。木刀を振るための間合いを取らせないのだ。

ついに壁まで追いつめた。

鉄兆斎は強風を受けた凧のようになって、道場の壁に張りついた。

すでに息は荒い。

「秘剣を伝授できるほどではなさそうですな」

と、半次郎は皮肉な笑みを浮かべた。

鉄兆斎は怪訝そうな顔をした。とぼけているのではない。

「秘剣？」

「では、ご免」

最初の道場はそこまでだった。

くるりと背中を向けた。

鉄兆斎がとめたのか、あるいは皆、呆気に取られたのか、誰も追ってはこない。

外へ出て、大きな道を城のほうへ歩いた。人通りも多くなる。

次に見つけた道場は、先ほどの道場よりかなり大きい。

門のわきの梅が満開だった。江戸ではまだ咲き初めのころだろう。

道場主の名は掲げておらず、ただ〈新陰流指南〉とあった。

出てきたのはまだ二十代半ばの、道場主の倅ということだった。

「一手、指南を」

「あいにくだが……」

やはり、他流試合はおこなわぬというので、半次郎は同じように玄関から上がって、間合いを詰めたまま迫った。

「何をするか！」

「問答無用」

だが、こちらは前の道場主より腕が立った。

逃げながら何度も回りこみ、ついに木刀を振ることができるだけの間合いをつくった。

いっきに打ちこんできたのを素手のまま木刀を払うように受け流し、腕を摑んで投げた。一回転する。

「なんだ、きさまは」

十人ほどの弟子たちが総立ちになって半次郎を取り巻いた。

「待たれい」

声とともに気を放った。

弟子たちの動きが止まった。

半次郎は道場主の倅に顔を寄せ、

「尾張新陰流の秘剣について伺いたい」

と、早口で言った。

「秘剣？」

「風鳴の剣にかかわる秘剣について」

「そなた、それをどこで?」

声がかすれた。若々しい顔に驚愕(きょうがく)が走った。

二

柳生清四郎(せいしろう)が江戸の堀端を歩いていたとき――。

見覚えのある男と出会った。

「あなたは……」

名古屋の城下で、雷に打たれて気を失っていたところを助けてくれた人である。運びこまれたのは城中の立派な屋敷だった。名乗らなかったが、おそらく尾張徳川家の係累に当たる人だろう。

それが、供も連れず、気軽な着流し姿で歩いていた。

気品のある顔立ちと風采。徳川竜之助にもそれはあるが、竜之助がそのことを自覚していないのに対し、こちらは存分に意識している。

「江戸に出て来ておられたのですか?」

「ええ。あなたが名古屋を発ってまもなくですよ。いろいろと気にかかることがありましてね」

　思わせぶりのようににやりとした。

「そうでしたか」

「たしか、柳生清四郎どのとおっしゃった？」

「はい」

　助けてもらった恩義がある。名前と武芸者であることは名乗った。

「怪我はまだ、完全ではなさそうだ」

　完全どころか、あやつり人形のような歩き方しかできない。

「ええ。どこまで回復するものやら」

「じつに残念ですな」

「え？」

「風鳴の剣が絶えることになる」

「……………」

　清四郎は愕然とした。この男は、風鳴の剣について知っている。

　伝え手である自分さえ知らない風鳴の剣にまつわる秘密があることは、なんとなく感じている。だが、それが何なのかはまるでわからない。柳生の里と通じるわずかな糸をたぐって調べてもみたがわからない。

だが、この男はそこまで知っているのではないか。

「なぜ、それを？」

「城下でいかにも腕の立つ男たちが、追いつ追われつしているのを見かけた。ひそかに後をつけた。寺の裏で立ち合うようだった。一人は薩摩示現流。恐るべき遣い手だった。そして、もう一人は柳生新陰流。しかも、剣を寝かせ、風の方角を探った。まさしく風鳴の剣……」

「なんと」

構えまで見られている。

知っていて自分を助けた。そういう人に助けられた。

「あなたは？」

と、柳生清四郎は尋ねた。

「ふふふ」

答えない。

歳は三十。いや、もう少し上なのかもしれない。

背丈は六尺（約一八十センチメートル）では足りないだろう。無駄のない筋肉で全身を覆って、しかもしなやかな身のこなしである。剣を取れば、おそらく並みの遣い手ではない。

尾張徳川家の縁者にこれほどの遣い手がいたとは。

兄弟とも言える流派が、いまではほとんど交流も連絡もなく、もしかしたらまるで違う剣法になってしまっているのかもしれない。

「まもなく世は大きく変わるだろう」

と、男は言った。

手に数珠をしているのが見えた。名古屋で見たときにはなかった。近親の者でも亡くなったのか。

「同感ですな」

柳生清四郎もうなずいた。

「江戸の徳川家は滅びる。風鳴の剣も同じ運命だ。だが、徳川家も柳生の剣もすべて滅びるわけではない」

「どういうことでしょう？」

「答えは遠からず出る。そなたは無念であろうな。その身体ではもはや風鳴の剣は伝えられない」

それは確かだった。

男の口ぶりは、傷に砂をなすりつけるように残酷だった。

「では」

男は踵(きびす)を返した。

柳生清四郎は見送るしかなかった。

三

徳川竜之助は、開いていた左手をゆっくり握るようにした。握りこぶしをつくるまではいかない。剣の柄がどうにか摑める程度だろう。しかも、それぞれの指をばらばらに動かすことはできない。

黒ずんでいた左手の色は、ずいぶん抜けたが、逆に白っぽくなった。かすかな痛みはつねにある。

手の怪我のあと、無理をしたかもしれない。

高熱がつづいたりした。医者の厳命もあり、仕方なく役宅でおとなしくしていた。それでも想像したよりは時の過ぎ去るのが遅くはない。たちまち、三月ほどが経ち、年が明け、一月(旧暦)も末になってしまった。

暦の上だけでなく、ずいぶん春めいてきている。

梅はもう七分咲きである。

悪いことの中にはいいこともある。おかげで、いろいろじっくりと考える時間ができた。同心見習いになってからというもの、目まぐるしく過ぎた一年だった。いつか禅を組むことさえも怠りがちになっていたのではないか。

竜之助は庭に出て、ひさしぶりに刀を持ってみることにした。

重い。やはり力が衰えているのだ。もう少し、身体を動かさなければならない。

筋肉というのは、絶えず動かしていないと、たちまち衰える。それは身に染みてわかっていたはずなのに。

腰に差し、すっと抜いた。

ひゅっ。

という音は悪くない。宙を切った刀を手前に引きもどす。柄に左手を添えた。ほとんど添えるだけである。それでも、左手の支えがあるのとないのとでは大違いなのだ。

風を探ろうとしてやめた。風鳴の剣は封印した。二度と使うつもりはない。

かわりに編み出したつばくろ十手も、左手がこれでは使えない。狙い通り操るためには、左手の微妙な指使いが大事なのだ。

――十手はもういいか。

当たり前の剣で、充分、戦えるはずである。そもそも捕り物で必要とされるのは、剣よりも知恵であり、仲間である。

気はみなぎり、身体が自然に動いた。

上段から真下へ。地摺り(じずり)から相手の剣を巻きあげるように上へ。小手を狙いながらすり抜ける。

「お見事」

と、甲高い(かんだか)声が飛んだ。

女中のやよいである。田安(たやす)の家にいるときから奥女中をしていた。

女ながら腕が立つ。どうも忍びの術を会得しているらしいが、そのことについては詳しく訊かないようにしている。下手に同情心などが起きたりしたら、心の平安が保てなくなる。なにせ、やたらと色っぽい娘なのだ。

「何が見事なものか」

「動きに切れがあります」

「いや、剣がぶれる」

それは嘘ではない。かすかなぶれだが、腕の立つ者を相手にしたときは致命的な失態につながるだろう。

捕り物はできても、刺客を迎え撃つことはできない。

「そうですか」

やよいはつらそうな顔を見せた。

第一章　顔が犬で

一

徳川竜之助、いや福川竜之助は、四、五日前から奉行所に出てきている。ちゃんと定刻に出仕し、夕刻まで詰めている。

とはいえ、周囲も気づかってくれて、あまり用事も与えられない。市中見回りに行ってきますなどと言おうものなら、付き添いまでつけられる。

「大丈夫です」

と言っても、

「無理するな」

と、ほとんど年寄り扱いである。

また、あれほど忙しかったのが嘘のように、正月に入ってからは平穏な日々がつづいているらしい。

仕方がないので、同心控室の隅に座り、小声でべらんめえ言葉の稽古をしている。

ほぼ三月、市井の連中と接しないでいたら、無理して身につけた言葉がもどりかけてしまう。うっかりすると自分のことを「わたし」などと言ってしまう。同心は「おいら」でないと恰好がつかない。

「べら棒め。おいら、寿司にゃあ目がねえんだぜ」

ゆっくりつぶやいてみる。

どうも、「ら」の巻き舌がうまくいかない。

しかも、口調が遅い。ゆっくりした巻き舌など、酔っ払いの戯れ言にしか聞こえないだろう。

「らららららら……」

舌を巻きつづけている途中で、

「顔が犬で、身体が猫のお化けが出た」

という話が耳に飛び込んできた。

そう言ったのは、定町廻り同心の大滝治三郎である。昨日、聞き込んできた話だが、大滝は昨夜、もどりが遅くて、ほかの同僚たちと話をする機会がなかったらしい。

「なんだ、そりゃ？」

めずらしく外回りの同心たちもほぼ全員、同心部屋にいて、あれこれ推測や疑問を口にし始めた。竜之助はしばらく黙って話に耳を傾けた。

こんな雑談の雰囲気も三月ぶりに味わうことである。

「どこに出たんだ？」

「大伝馬町さ。武具屋の浅井屋があるだろ。そこだよ」

「浅井屋にな」

この店の名は、皆、知っている。それほどにその店は繁盛している。

「噂は、ぱあっと広がって、界隈の娘たちを震え上がらせているらしい」

「なんとも気味の悪いお化けですね」

「そんなに怖いか？　顔が犬で身体が猫だと」

と、やはり定町廻り同心の矢崎三五郎が言った。

「じっさい見ると、笑ってしまうかもな」

「うどんとそばを混ぜて食ってるようなもんだろうが」

　隠密廻り同心の一人がそう言うと、どっと笑い声が上がった。

「それとは違うだろう」

「言うことはきれいだが、腹は真っ黒という人間もいれば、顔は不細工だが、身体はやけにきれいな女もいる」

「たしかにそうだ。だったら、そういうちぐはぐな生きもののもいるかもしれねえ」

「大滝さん。お化けと決めつけるのも早いぜ」

　と、矢崎三五郎が言った。

「なんでだ？」

「そこらの犬の下半身に色でも塗って、猫に似せただけかもしれねえ」

「なるほど」

　と、何人かはうなずいた。

「違うんだ。犬のほうも猫のほうも、すでに死んでるんだ。犬は白犬で、猫はトラ縞。どっちもそこで飼っていた犬と猫にそっくりだったんだと。死んだ犬と猫だったら、それは幽霊に違いねえだろうよ」

と、大滝が言った。

「へえ」

こっちの話にも何人かがうなずいた。

竜之助は半信半疑。というより信は一割くらいか。

「飼い主にも話を訊いたんですね？」

と、竜之助は訊いた。それまで黙っていたが、つい話にのめりこんでしまった。

すると、皆がいっせいに竜之助を見た。待ってましたと言わんばかりの笑顔もある。

「あ、話の腰を折って申し訳ありません」

慌てて謝った。

「ああ、訊いたよ」

と、大滝はうなずいた。

「あるじと言っても女だ。亭主は三年前くらいに亡くなっている」

矢崎がそう言った。大伝馬町の浅井屋については、以前からよく知っていたらしい。

矢崎の話によると——。

もとは鍛冶屋だったが、黒船騒ぎのとき、いちはやく武具屋に鞍替えし、これが当たった。亡くなったあるじが、戦さが大好きだったことも関係したらしい。世が乱れるにつれて、需要が増えているうえに、ここは品物もいい。武具に意匠を凝らし、商売もうまい。

「傷は浅いや、武具は浅井屋」

という売り文句はかなり有名になっている。

「そういうことならなおさら怪しいですね」

と、竜之助は言った。

お化けのことより、浅井屋の周りでそうした話が出たことが怪しいのだ。

浅井屋ほど景気がいいと、泥棒やら押し込み連中の恰好の目標になってしまう。悪事が関わっている可能性も少なくない。

「ひさしぶりの珍事件担当の出番かな」

と、大滝が竜之助を見た。

「そうそう。うずうずしてたみてえだし」

方々から、からかいの言葉もつづいた。

ひさしぶりに動くには、ちょうどいい事件かもしれない。犬と猫、それぞれが半人前。一人前ずつになったとしても、所詮、ちびっちょの犬と猫。

「おまかせください」

と、竜之助は言った。

とはいえ、まだ身体のほうは本調子ではない。

二

まずは、岡っ引きの文治をつれて、大伝馬町の浅井屋の女あるじに会いに行くことにした。

日本橋から北へ向かって、十軒店の手前を右に曲がる。まっすぐ行けば両国広小路に出るが、そこまでは行かない。曲がって二町ほどのところが大伝馬町の街並みである。

大伝馬町は、つい十日ほど前には、臨時の市でにぎわった。竜之助もちらりと見物に来たものである。

縁起物や魚の干物などなんでも売られるが、べったら漬けと言われる大根の粕漬けの人気はひときわ高い。そのため、べったら市とも呼ばれる。

いまはいつものたたずまいだが、それでも人通りは多い。大きな問屋がずらりと両側に並んでいる。木綿問屋や茶や煙草など嗜好品の問屋が多い。

そのなかで、武具を売る浅井屋は、町人たちの列に立つ鎧を着込んだ武士のように、ひときわ目立っていた。

改めて正面から眺めるが、大きな武具屋である。外から見ても、合戦の陣の中のように鎧兜やら槍や刀などがあふれ返っている。

黒船騒ぎのとき、武具屋は大繁盛したそうだが、いまは落ち着いてきている。ここまで流行っている武具屋はほかに知らない。

繁盛の理由は売り文句が知れ渡ったせいだけではない。浅井屋の武具は見た目もいいとは、巷の評判である。

色遣いが派手だし、家紋を刻んでくれたりもする。

竜之助は、はたきをかけている途中の手代に、

「おかしなお化けの噂を聞いたので、あるじに聞きたいことがあるのだが」

と、伝えた。

女あるじは店の奥から、水を飲みに谷川に降りてきた小鹿のようにちょこまかした足取りで現れた。ただ、御歳のほうは小鹿よりはだいぶ積み重ねているだろ

う。

化粧はもちろん着物も派手で、裾近くは、春らしく菜の花が咲き誇る図柄である。

文治の顔を見ると、

「あら、たしか旅籠町（はたごちょう）のお寿司の親分」

と言っただけだが、竜之助の顔を見るや、

「まあ」

と、嬉しそうに目を瞠（みは）った。

何が「まあ」なのかわからない。

「同心さまもご担当に？」

「ええ」

「ついてるわね」

そう言って、眉尻をくいっと上げた。からかっているような不思議な表情をする。だが、嫌な感じはうけない。

「あゆと言います」

歳は三十半ばくらいか。倅は後継ぎの修業中だと聞いてきた。まだ十二になったばかりというから、一人前になるまではだいぶかかるだろう。

　店のすぐ裏手の部屋に案内された。

「本当にお化けだったんですか？」

　と、竜之助は訊いた。

「たぶんね。だって、死んだコロ助と、タマコにそっくりだったもの。あ、コロ助は犬の名で、タマコは猫なんですよ。四度も見たんですから」

「怖かったかい？」

　と、竜之助はさらに訊いた。じつは、これがいちばん訊きたかった。単に怖がらせたかっただけかもしれない。

　そうやって脅しておいて、そのあとに仕事目当ての凄腕の用心棒や、お化けだって呪い殺すという呪術師などがやって来たりする。じっさい、そんな事件も扱った覚えがある。

「いいえ。怖くなんかなかったわ。むしろ、会いに来てくれたと思ったら、嬉しかったくらい」

「ほう」

　怖くなかった。だとしたら、狙いは外れたのか、それとも怖がらせるのが目的ではなかったのか？

「二匹ともほんとに死んだのですね？」

竜之助が訊くと、あゆは俯いて眉を寄せ、

「ほんとなのよ」

「まさか、殺されたなんて？」

訊きながら、竜之助はすこし背筋がぞっとした。大伝馬町犬猫連続殺しなのか？

「ううん。そうじゃない。老衰と病気だったの。タマコなんかあたしの腕の中で、きゅううって鳴いて……」

胸が詰まったらしく、しばらく言葉が途切れた。

女の涙はつらい。竜之助は、落とし穴にふたをするように、慌てた口調で訊いた。

「人がやっていることとは思わなかったですか？」

「そりゃあ、あたしだって小娘じゃあるまいし、それを最初に思ったわよ。でもね、ひとつには顔がコロ助に、身体がタマコによく似ている気がしたの。それと、もし巧妙ないたずらだとしたら、そんな手間暇かけて、何になるのかってこと。誰もそんなことしないわよ。だったら、やっぱり幽霊でしょうよ」

「確かに……」

　それも一理ある。

　だが、隠された意図が明らかになっていないだけかもしれない。

「どこに出たんですか？」

「家の中にも出たし、窓の外にも出たわよ」

「家の中というと？」

「じゃあ、案内するわね」

　と、あゆは立ち上がった。

三

　まずは、中庭に面した廊下に出た。

「この障子。ここに影が映ったの」

「影が？」

「そう。すぅーっと横切ったんです。でも、影だけでもわかりました。コロ助？　タマコ？　って思わず呼んだの。ふっといなくなって。すると、そっちの隙間からさあっと風が吹き込んできて」

「それは戸が誰かに開けられたってことかい？」

「いや、もともと開いていたんだと思います」

「ははあ」

要は、あまりはっきりした話ではないのだ。

竜之助は、置いてあった下駄をはき、そう大きくもない中庭に出てみた。周囲はこの家に囲まれているが、二階のところと、一階分しかないところがある。一階しかないところからは、隣りの二階の部分が見えていた。

「月の晩、おかしな獣がそっと歩く姿って、ぞくぞくするほど不思議よ」

と、あゆは言った。

「ほう」

言われれば、そんな気がする。この女あるじは、心の半分では面白がっているのか。

それからあゆは、竜之助と文治を伴って、二階に上がった。

二間つづきの部屋で、窓には鉄格子が設え（しつら）てあり、一方の部屋には仏壇だけが置いてある。

「二階にも出たのかい？」

と、文治が訊いた。

「その塀の上を歩いていたのです」

と、あゆは窓から塀を指差した。高い塀で、しかも頑丈な作りである。

「影だけ？」

「いいえ。それははっきり姿を見ました。ただし、そのときは、顔がタマコで身体がコロ助だったの」

「なんだ、変わるときもあるのか」

と、竜之助は言った。

「そのときは」

それは初めて聞いた。

塀の上のところはそれほど広くはないが、太い木を使っている。猫ならば渡って歩くことができるかもしれない。

「足音もしなかったし」

「足音？」

「犬は足音がするけど、猫はあまりしないでしょ？」

「なるほど」

そんな気もする。この女あるじ、観察力はかなりのものかもしれない。

「あとの三度は顔が犬で、下半身が猫？」

「そうですね」

「四度見たんだろ。あとの二度はどこで？」

「その通りで鳴いていたのです。あたしがのぞいたら、向こうに駆けて行きました」

いまは真っ昼間。人通りでにぎわっている。

ふたたび、店の裏手の部屋へともどった。

「じつは心配しているのは、もっと大きな悪事なんだよ」

と、竜之助は出された茶をすすりながら言った。

「まあ」

「このところ、儲かっている店がいろいろと物騒な目に遭っていることは耳に入っているだろ？」

倒幕だの、尊皇だのと言っているが、ただの強盗も少なくない。

「それはもちろん。でも、こんなくだらない悪戯みたいなことが？」

「小さく見えるが、大きなものの尻尾かもしれないのさ」

「尻尾？」

「目に見えているものが正しいとも限らないし、全部とも限らない。それは捕り物をするうちに学んだことなんだよ」

と、竜之助は言った。

本当にそうなのだ。この世というところは、つくづく陰影に満ち、複雑なところである。剣で真っ二つに斬れるようなところではない。

「でも、その点なら、うちは大丈夫です」

と、あゆが胸を張った。

「そうかな」

「亡くなった主人がしっかり対応策をほどこしました。住み込みの手代四人と、小僧三人には、剣術を習わせています」

のけぞるようにして、店のほうをのぞいてみる。たしかに店の者は皆、臼に丸太をつけたようないい身体をしていた。

「だが、相手もしたたかだぜ」

「いろいろ仕掛けもありますので」

「仕掛けねえ」

と、竜之助は首をかしげた。仕掛けなどというのは、じっさいにはうまくいかないことも多々あるのだ。

「ときおり、そんなときに備えて、稽古もしています。やって見せましょう」

と言うやいなや、

「関ヶ原」

と、大声を張り上げ、すばやく竜之助と文治をその場に置いて次の間に逃げた。

すると、店のあちこちから、

「桶狭間」

という返事があった。

「関ヶ原が、押し込みだという合図で、桶狭間は承知したという意味よ」

と、あゆが言った。

すでに店の中の動きが始まっていた。

上から柵が下りてきた。それは、店の出入り口や、この奥の何ケ所なども閉ざしていく。

たちまち、竜之助と文治はこの一画に閉じ込められてしまった。

皆、てきぱきしている。

手に手に棒を持っている。陣笠に胴丸をつけた者もいれば、なかには本物の槍を構えた者すらいる。

向こうからかかってくれば対処の仕方もあるが、なにせ檻の向こうである。

「石田軍、総くずれ」

とか、

「今川義元」

という声が上がった。

「曲者を閉じ込め、町方に報せに走ったという意味です。これは稽古ですので、町方へは知らせませんが」

あゆがまた解説した。

「ほう」

竜之助は感心した。文治などは度肝を抜かれている。

「つづいて鉄砲組、前へ？」

「鉄砲だって？　冗談でしょう」

文治が悲鳴のような声をあげた。

「鉄砲は冗談です」

「脅かすなよ」

「こうした仕掛けがあるってことは、血の気の多いお侍やご浪人のあいだにも知れ渡っているそうですよ。ほら、こういう商売だから、そっちのほうには噂が流れやすいのね。それにだいぶ前のことですが、二組ほど、じっさいに捕まえたこともあるんですよ」

「なるほど」

「そんなわけだから、ご心配なく」

と、女あるじのあゆは、自慢げに言った。

四

とりあえず、店の警備に関しては安心した。

合言葉はもっと何気ないほうが、敵にも悟られないだろうが、それだと店の者も気づきにくいのかもしれない。

鉄壁の浅井屋。押し込みも敬遠するほどである。

とすると、ちぐはぐな犬猫は、本物の幽霊なのか。だとしたら、町方にもどうにもできない。坊主や神主（かんぬし）の仕事である。

「コロ助とタマコは、庭にでも埋めたのかい？」

と、竜之助は訊いた。

「いいえ。ちゃんと回向院（えこういん）で弔（とむら）いをして、位牌もつくりました」

両国の回向院は、昔、明暦（めいれき）の大火で亡くなった人たちを弔うためにつくられた。近ごろはかわいがっていた犬や猫を弔う人も多いらしい。

「それは」

そこまでしてもらえたら、犬猫も化けて出ることはなさそうである。

「でも、主人といっしょに仏壇に入れたのが嫌なのかも」

と、あゆがよくわからないことを言った。

「嫌がるって、ご主人が？」

「逆ですよ。コロ助やタマコが」

犬猫の気持ちのほうが心配らしい。逆のような気がするが、そんなこともあるのだろう。

「どうして？」

「うちの主人は生きものが嫌いだったから、意地悪したりしてるかもしれません」

「はあ」

これで話はほぼ聞き終えた気がする。

町方が本気で動くようなことなのか、まだわからない。町の噂ということで、このままけりをつけてもよさそうだが、一つだけ気になる。

そのお化けを見ていない。

「見たいもんだな。そのお化けを」

と、竜之助は言った。

「泊まり込めばいいじゃないですか」

俯いて、膝のあたりを見つめながらあゆが言った。いま気がついたが、化粧の匂いがかなりきつい。

「そういうわけには」

「いいのよ。うちの人は死んでるし」

一度、竜之助を見つめ、すっと視線を外した。

文治が妙な咳払いをした。

何だろう、この妙な雰囲気は……。

「ますます困るなあ」

と、竜之助は言った。

「やあね。じゃあ、うちの息子といっしょに下の部屋で寝てくださいな。出たら、あたしが教えてあげますから」

「それならいいか。ただ、そんなとき行ったり来たりしてると、獣は気配を察知して逃げてしまう。おいらの足に紐を結び、端っこを二階に上げておくから、出たときはそれを強く引いてくれ」

「まあ、面白いですね」

「それと、一人では取り逃がす恐れがあるので、この文治もいっしょに泊めてもらうよ」

「あ、そうですか」

あゆはひどくがっかりした顔をした。

五

夕飯は外で済ませ、店の用も終わるころに、浅井屋に入った。

店は後始末も終えて静かになっているが、寝るには早い。

「将棋でも借りて指そうか」

などと言っているところに、

「よろしいですか」

と、あゆが茶と菓子を持ってきた。そのまま座って、話でもしたそうなようすである。

酒は眠くなるのでまずいが、茶は付き合うことにした。

「あたしは二十年前にここへお嫁に来たのですが、町回りの同心さまたちもずいぶん代替わりしましたね」

あゆが懐かしそうに言った。

「そうでしょうね」

竜之助は軽くうなずいた。

「そう言えば、澤尻五十郎さまという方がおられました」

「さて？」

竜之助は首をかしげた。身分を偽って見習い同心になった。古い話など知るわけがない。

だが、文治は大きくうなずいて、

「八丁堀で伝説の同心ですよ。おげれつ五十郎と言われた方でしょう?」

と、言った。

「ほんとにひどかったのよ。いつもくだらない冗談ばかり言っていて、娘たちは顔を見るときゃあきゃあ言って逃げ回ったものよ」

「らしいですね。亡くなりましたよ」

「あら、そう。おげれつだったけど、やさしかったのよ」

「そうですか。奉行所にはひどい話しか残っていませんが」

「そう、亡くなったの……」

「ええ。最後はげっそり痩せて、棒のようになったそうです」

文治は自分の頬を指先で削ぐように撫でた。

「まあ」

驚いたところを見ると、その澤尻という同心はよほど肉づきがよかったのだろう。

「潮満爽二郎さまという方も。こちらの福川さまとすごく雰囲気が似てらして、あたしなんか前を通られるたび、うっとりしてたものですよ」

「ああ、さわやか爽二郎という綽名だったそうですね。潮満さまも亡くなられましたよ」

「え、まだ若かったのに」

「はい。奉行所勤めから、腕を買われて評定所のほうに移られたのです」

「そこまでは聞きました」

「大坂に所用のため行かれたとき、不慮の事故に遭ったそうです。まだ、四十二、三くらいじゃなかったですかね」

「そうなの……金田忠蔵さまは？」

「金田さまも亡くなられました」

「金田さまは、あのころすでにずいぶんなお歳でしたからね。正木伸之助さまは？」

「正木さまはご存命のはずですが、いまはもう八丁堀にはおられませんよ。あっしらも詳しくはわからないんですが、何か不祥事のようなことが」

声が低くなった。

「そうなの」

「二十年ですからね」

「ほんとですね」

二人の話を聞きながら、竜之助も、

——二十年か。

と、思った。なぜか、橋の上から見た大川の流れを思い浮かべた。膨大なものが圧倒的な力で流れていく。

それは二十年経てば、いろんなことが大きく変わるだろう。人は来て、人は去るだろう。どこから来て、どこへ去るのだろう。

自分だって二十年経てば、五十近くになっている。生きているかどうかさえわからない。

——ん？

夜の闇の中を、時が泣きながら過ぎ去る音がした。

うぉーん。

違った。犬の鳴き声だった。

あゆが真っ先に二階に駆け上がった。どすどすと大きな音を立てる。家がぎしぎしと鳴る。

「おかみ、静かに」

注意しながら、竜之助と文治も急いで後を追った。

仏壇がある部屋の障子窓をそっと開けた。

「ほら、あれ」

塀の上ではなかった。

前の通りを歩いていた。

上は白い犬の顔、下半身はトラ縞の猫だった。

それがゆっくり横切っていく。人形ではない。まさに生きものである。

「ね」

「ほんとだ」

障子は細く開けている。すぐに視界から外れる。

もっと見ようと障子を開けようとして、大きな音が出た。

音のせいで、いっきに駆け出し、見えなくなってしまった。

「外へ行こう」

竜之助は下に駆け降りると、あゆに裏手の戸のカギを開けてもらい、提灯(ちょうちん)を手に、外へ飛び出した。新月に近く、月明かりはほとんどない。提灯の明かりはすぐに闇に飲み込まれて、せいぜい二間先くらいしか見えない。

前後に耳を澄ませるが、何の気配もない。追っても無駄だろう。

「いましたでしょう？」

と、あゆが言った。

「ええ。でも、なんかおかしかった」

竜之助はさっきの姿を思い出してみた。

――そうか。歩き方だ。

下半身は猫なのに、犬の歩き方だった。猫はもっと忍ぶように歩く。

「歩き方がおかしかっただろ？」

「ほんとですね。猫なのに、足音をさせて歩いていたし」

「たしかに」

落ち着いて見れば、正体はわかる。

「ぬいぐるみだな」

と、竜之助は言った。

犬は本物だが、猫の下半身は、おそらく精巧にできたぬいぐるみだった。それを犬に穿かせていたに違いない。

「あっしもそう思いました」

と、文治も賛成した。

「これで悪戯だとはっきりしましたね」

あゆがほっとしたように言った。

「ああ。だがなあ……」

それだけでは、謎を解いたことにならない。なんのために、わざわざあんな面倒なことをしたのか？

それがさっぱりわからない。

六

そのころ——。

お城の田安家の屋敷で、用人の支倉辰右衛門（はせくらたつえもん）、柳生清四郎、やよいの三人が内密の話をしていた。

柳生清四郎が、町で出会った不思議な男について報告したのである。

「風鳴の剣を知っていたとな？」

と、支倉は驚いた。

徳川家の者ですら、ほとんど知らない。将軍ですら知らないのではないか。もっとも、将軍が風鳴の剣の継承者になれば別である。

現に、八代将軍吉宗は、風鳴の剣の遣い手だったという。

「しかも、尾張は、柳生新陰流とはきわめて縁が深いところです」

と、清四郎は言った。

柳生新陰流は、尾張にも伝わり、柳生兵庫助や柳生連也斎という剣豪を生んだ。しかも、秘伝が当主を通して綿々といまに伝えられていることは、流派に興味がある者なら多くが知っている。

「そうだな」

「でも、各地からひとしきり、風鳴の剣を打倒せんと刺客がやって来ていました。ですが、尾張からは来ていませんね」

と、やよいが言った。

「それは、同じ徳川一門だからではないか」

支倉が言った。

やよいも柳生清四郎も、この意見には首をひねっている。

「こんなご時勢だから、尾張も遠慮しているのかのう」

と、さらに支倉は言った。

「遠慮ですかねえ」

やよいはそれも釈然としないらしい。

「どうしましょう？　若にはお知らせしたほうがいいでしょうか？」

清四郎が訊いた。

「お待ちを」

と、やよいが止めた。左手が使えない竜之助を、できるだけ争いから遠ざけたいのだ。

「たしかに、正体がわかるまで、待ったほうがよいのではないか」

と、支倉も賛成した。

「清四郎さま。その人は、何かしかけてこようという気配は？」

「とりあえずは感じなかったがな」

「ではもう少し明らかになってから」

「そうだな」

北の丸にある田安家の屋敷は静かである。お城の中でももっとも高いところにあり、周囲の濠は断崖絶壁のようである。

当然、巷の音も聞こえない。

だが、三人とも、大きな何かが近づいてくる気配を感じていた。

七

翌日——。

福川竜之助は、文治と連れだって、大伝馬町の浅井屋を訪れた。

「あら、まあ、福川さま」

あゆの顔が輝いた。

「もう一度、昨夜の現場を見せてもらいてえんで」

と、竜之助が頼むと、

「福川さまなら、どんな頼みだって聞いちゃいますよ。現場だけじゃなく、もっといろんなところだって見せちゃいますよ。いい男って得ですよね」

あゆは引っ張りあげるように竜之助の手を取った。

「おいら、あんまり鏡を見ないんで、いい男とか言われても」

「あら、見ないの？　見なさいよ。うっとりしちゃうから」

からかわれている気がする。

まずは影を見たという中庭をもう一度、見た。

それから、昨夜、通りを歩く犬と猫のお化けを見たあゆの部屋に入った。

この二階は、裏手のほうの二階とは別になっている。階段は店の奥にあり、上り下りするときは必ず誰かが見ている。ほかに上がり口はない。

八畳二つが続きの間になっている。窓は店の上に当たる正面と、南側とにある。ここは小さな路地を見下ろすようになっている。向かいの二階建ての家も見えていた。

その、向かいの古びた二階建ての家を指差して、

「あれは？」

「隣りの仏壇屋さんですよ。老舗(しにせ)ですが、後継ぎがいなくなっちゃってねえ。老夫婦で頑張ってるんだけど、なかなか大変みたい」

中庭からも仏壇屋の二階は見えていた。

「ふうん」

腕組みをして、竜之助はこの部屋を改めて眺めた。

犬猫のお化けは、この部屋のすぐ前の塀を歩いた。通りを歩いたときも店の前の大通りではなく、横道のこっちを歩いた。

この部屋の周辺で異変が起きている気がする。

窓からは南の日差しが入ってきて、壁際の仏壇に当たっている。陽当たりがよくて、仏さまもさぞや気持ちがいいだろう。これでは自分が死んだのか、眠っているのか、わからなくなるくらいではないか。

「変わった仏壇だね」

と、竜之助は感心した。

下はふつうの箱型だが、上のところが兜のかたちになっている。

いかにも武具屋らしいが、ふつうはこんなかたちにはしない。戦国武将の仏壇だってこんなおかしなかたちはしていないだろう。八百屋が大根のかたちをした仏壇をつくったりもしない。

「隣りであつらえたのかい？」

「はい。あたしの趣味だなんて思わないでくださいよ。遺言通りにしたんですから。仏になっても江戸を守りたいんですって」

「へえ。立派な心がけだな」

「そうでも……」

と、あゆは苦笑いした。

「ないのかい？」

「まあ、この商いと財産は残してくれたんですけど、なんて言うか、いまも生きていたら、ろくなことはなかったと思いますよ」

うんざりした顔で言った。

「ふうん」

「なんせ、毎日、戦さが起きるように祈っていたくらいですから」

「儲かるからかい？」

「それより、戦さそのものが好きだったんだと思いますよ。いつまでも戦さにならないなら、火種をつくって歩くとか言ってましたから」

「それは」

弱ったものである。

「じつはね、この中にお金を隠してるんですよ」

あゆが思い出したように言った。

「え？」

「そりゃあ、蔵の金庫にも入れるし、店にも出してあります。でも、二、三百両くらいのお金はここに入れておきます」

「いいのかい、そんなことおいらに言ってしまって」

「町方でしょ」

「それにしても」

「いいんです。福川さまを信用したから」

と、変な調子で言った。やたらと信用されても困る。

「仏壇には押し込みに対する仕掛けはないのかい？」

「そんなものありませんよ。カギなんかかけたら面倒でしょ。いちいち蔵の金庫を開けなくてすむように、ここに入れてるんですから」

と、線香などを入れるようにつくられた引き出しを開けた。

中には小判が子どもの玩具（おもちゃ）のように、無造作にずらりと並んでいた。

「でも、向こうからだと、たぶん見えるぜ」

と、竜之助は向かいの仏壇屋の二階を指差した。窓は開いているが、中は薄暗く、やけにひっそりとしている。

「いいんですよ、見えたって。鉄格子を壊して入ってくるやつなんていませんから」

「そうは言っても……」

盗みを誘発するようなことはまずいだろう。

「でも、コロ助とタマコの霊を弔うため、また、お隣りに仏壇をつくってもらってるの」

「へえ」

「幽霊がおかしな出方をするときというのは、葬られ方に不満があるらしいのです」

「葬られ方？」

「ええ。たとえば、家から遠くに葬られたり、墓を建てられたりすると、犬猫の霊は悲しむみたいです。なにせ犬猫というのは、とにかく主人のそばにいたがるでしょう？」

「そりゃあ、そうだが」

「だから、犬猫用の仏壇をつくってあげるといいってお隣りから勧められたの」

「犬猫の仏壇……？」

それをつくらせるための騒ぎだったのではないか。

竜之助はそっと文治に言った。

「ちっと、隣りの仏壇屋を探って来てもらえねえか？」

「わかりました」

と、文治は出て行った。

竜之助はもう一度、窓から外を見た。

窓の下に庇（ひさし）がある。そこに、かすかに足跡のようなものが見えた。

二階でも梯子（はしご）をかければ、この窓にはたどりつくことができる。だが、鉄格子が嵌（は）まっている。この家は店から二階まで要塞のようにつくられている。まさに完璧な盗難予防だろう。

――もしかしたら、犬猫の仏壇をつくることが、この鉄格子を破るすべとなるのだろうか？

しばらく考えているうち、文治がもどって来た。

「どうだった？」

「二人とも七十を超した老夫婦です。いかにも人のよさそうな」

「そうか。ここまで梯子を伝ってくるなんて無理か？」

「そりゃあ無理ですよ」

と、文治は断定した。

「でも、ぐれた孫だの、人相の悪い手代だのがいただろ？」

「それもいません。老夫婦だけで、ひっそりと暮らしています」

「ううん、不思議だなあ」

「旦那。あっしには何が何だかさっぱり」

「うん。もうちっとなんだがなあ」

竜之助はそう言って、仏壇屋の二階を見た。

――ん？

竜之助の顔が輝いた。

「おかみさん。あそこの瓦ですが、葺き替えたばかりですよね」

と、仏壇屋の屋根を指差した。ほかの屋根と比べても、明らかに艶がある。煤けたりしていない。

「ああ。そう言えば、ひと月ほど前、瓦を葺いてたわねえ」

竜之助はぱんと膝を打った。これまでなら両手を叩くところだが、なにせ左手がままならない。

「これでつながったぜ」

八

「さあ、皆、祈ってやっておくれ」

と、あゆは下に声をかけた。

「へい」

五十がらみの男が上がって来た。ここの番頭である。

犬と猫の像を置いた仏壇の前に立ち、手を合わせた。

そのわきではかわいらしい小坊主がお経を唱えている。なんと、大海寺(たいかいじ)の狆海(ちんかい)ではないか。

「順々にすましておくれ」

あゆはそう言って、部屋から出て行った。

番頭、手代、小僧、そして下女たちが次々に上に来て、新しい仏壇に手を合わせていく。

一通り終わったところで、下からあゆと竜之助、それに文治が上がって来た。

「どうだった、狆海さん?」

と、竜之助が訊いた。

「三番目にやって来たもみあげの長い人」

「ああ、手代の庄吉(しょうきち)だね」

と、あゆが言った。

「あの人が仏壇を見てひどくがっかりし、ちっと舌打ちもしました。あとの人たちはまあ、おざなりでしたが、とくに変わったようすもなく、手を合わせていきました」

お経を唱えながら、狆海は奉公人たちのようすをじっくりと観察していたらしい。奉公人のほうもこんなかわいらしい小坊主の前では、警戒心もなかったに違いない。

「狆海さん、ありがとうよ。これでわかったぜ」

と、竜之助は同年代の仲間に感謝するように、狆海の肩をぽんと叩いた。

「福川の旦那、どういうことなんですか？」

あゆが不思議そうに訊くと、後ろで文治もうなずいた。

「わからねえかい」

「まったく」

「犬猫の仏壇ができて、ここに運びこんでもらったよな」

「ええ。仏壇屋は、できあがったものを運ぶのに、運び屋を使ってましたね。あっしはそいつらがからむのかと思いました」

と、文治が言った。

「そうじゃねえ。その仏壇をここに置くのに、おかみさんは先代の仏壇を手前にずらし、犬猫の仏壇を奥の窓際に入れた。それはどうしてだい？」

「だって、窓に近いほうが、日当たりも風通しもいいじゃありませんか。コロ助もタマコも日向（ひなた）ぼっこが大好きだったんですよ」

あゆは当たり前だろうという顔で言った。

「それで当てが外れたのさ」

「え？」

「そいつは、逆に先代の仏壇のほうが窓際にずれるのを期待したのさ。そうすると、鉄格子があっても、そのあいだから手を伸ばせば、仏壇に入れた何百両を摑むことができるってわけさ」

「まあ」

と、あゆが驚き、

「なるほど」

と、文治がうなずいた。

「それを企（たくら）んだのが庄吉ですか？　でも、庄吉はここに小判を入れていることなんて知らないはずですよ」

「それを知ったのが、向こうの瓦を替えにきていた屋根職人なのさ」

「ああ」

「そいつと庄吉がたまたま知り合いだったんだろうな。仏壇に小判が隠されているのを知り、相談して、人通りの少ないときにそこの庇から小判を取ろうとした。だが、どうしてもあとちょっとで手が届かない。なんとか、窓際にずらすことはできないか」

「はい」

と、あゆはうなずいた。

「もう一つ、仏壇を置くようにすれば、仏壇はこっちにずれるに違いない。かくして、あの奇妙なお化けが出現した」

「ははあ」

文治はようやく悪事のかたちが見えてきたらしい。

「お化けを出すにしても、犬も猫もありきたりの姿だったなら、もし、出てきても、そっくりの犬猫だと思われちまう。あんなおかしな姿だから、おかみさんも幽霊かもしれないと思ったわけだ」

「そうです」

「しかも、庄吉はそんなことがあったとなると、仏壇屋が仏壇をつくることを勧めるだろうとも思っていた。それで、お化け騒ぎを起こし、急いで犬猫用の仏壇を運びこませたってわけさ。まさか、亭主の仏壇よりいい場所に置くとは、夢にも思わずにな」

「おっほっほ。お生憎（あいにく）さま」

と、あゆは手を打った。

「庄吉ってのはいくつだい？」

と、竜之助は訊いた。

「今年、三十です。十五のときに小僧で入り、亡くなった主人にはずいぶんかわいがられていました。あたしがあるじになってからは、商売のやり方がなんとなく物足りなく思っていたみたいです」

「通いかい？」

手代はある程度の年になると、外に長屋を借り、そこから通うようになる。

「いいえ、まだ住み込みでいます」

だからこそ、いろんな仕掛けを思いついたり、実行もしやすかったのだ。

「信頼してたのにねえ。裏切られちまいました」

怒るより、落胆したようすである。

「ただ、庄吉はしくじったんだ。それでもお縄にするかい？」

と、竜之助は静かな口調で訊いた。

「そうですね。庄吉も魔が差したのでしょう。といって、このまま置いておくわけにもいきませんから、適当にお金をやって、小さな店でもつくらせますか。あれもそろそろ独立する歳ですし」

「それがいいや」

と、竜之助は微笑んだ。奉行所の先輩たちだって、それくらいの融通は利かせているはずなのである。

九

竜之助は本郷（ほんごう）の小心山（しょうしんざん）大海寺にやって来た。狆海へのお礼がてら、ひさしぶりに座禅を組むつもりである。

「身体のほうはいいのか？」

と、雲海（うんかい）和尚は心配そうに訊いた。

竜之助が手を斬られたときは、この和尚も何度か見舞いにも来てくれた。ただ、和尚には自分のことを心配してもらいたかった。

なにせ、坊主のくせに悟るどころか迷いはひどくなる一方で、ふらふらと横浜あたりまでさまよったあげく、異教にまで心をひかれた気配もある。

「大丈夫です」

竜之助は庭が見える板の間に座った。

梅の花が見えている。無理に枝ぶりを曲げたりしていない。自然のままに伸びた姿で、それが竜之助には好ましく見える。かすかに匂いも流れてくる。

「座禅は意外に体力を使うぞ」

「はい。遠慮なくぴしゃりと」

「そんなこと言われてできるか」

目をつむった。

「人生は絶え間なき苦労の連続だぞ」

説教が始まった。

「はい」

「苦しみと楽しみが五分五分だなんて考えたら大間違いだ。逆になんでこんなに割が合わないんだと、不平ばかりつのっちまう。楽しみなど一分か二分と思え。

「それで三分の楽しみがあったら幸せでたまらない」

気持ちを集中したいが、雲海の言葉がうるさくて、なかなか集中できない。だが、これも気を使ってくれているゆえだろうと我慢した。

「迷うことを恥じるな。わしなんぞは迷ってばかりだ。迷いの幅が大きくなるほど、人の幅も大きくなる。このわしを見るがよい。幅が広すぎて、どこからどこまであるのか、そなたなんぞにはわかるまい」

やっぱりただの自慢なのか……。

「人はそんなわしを見て、いろんなことを言う。馬鹿だ、変わり者だ、ちっとおかしくなってきた、などとな。そんなものは気にしない。あの兼好法師もこうおっしゃっておいでだ。世間を気にすれば、つまらぬ価値観に惑わされるようになるし、人づきあいをすれば、ついおもねって心にもないことを言いがちだ。人とじゃれ合ったり、張り合ったりして、嘆くは喜ぶはで心の落ち着くことがない、となっだから、世間なんて気にするな。どうせ、死ぬんだ。たかだか数十年で死ぬんだぞ」

もう、何を言っているのかもわからない……。

「ま、そんなわけだ。励め」

と言われたときは、無想の境地にいる。

無念無想。

ふと、手が見えた。手にも表情がある。柔らかく微笑んでいる手。

あの弥勒菩薩（みろくぼさつ）の手だった。それが光り始めている。

「あ」

振り向こうとして、ぴしゃりときた。

「馬鹿者」

「和尚、ちょっとだけ……」

「なんじゃ」

「あの手」

と、仏の隣りに飾った手を指差した。

さっきも視界の中にはあったが、はっきりとは気がつかなかったのだろう。それが座禅を組むとはっきり浮かび上がってきたのだ。

「あれは円回（えんかい）さんの彫ったやつ？」

「そうだ」

小さな手なのに、大きな安らぎを感じさせる。

「あれは、柳生全九郎が持っているはず」

どうしてもこの手を少年の全九郎に届けたかった。そうしないと、あの少年も自分も救われないような気がした。

「それがな……」

和尚が話したのは、思いがけないことだった。

身元のわからない少年の遺体といっしょに流れてきたこの弥勒菩薩の手が、深川の寺におさめられたという。

同じ宗派だった大海寺に、数日前、その話が伝わってきたのだ。雲海は事情を話して、その手をもらいうけて来たのだった。

「まさか」

嫌な予感が脳裏をよぎった。

あれからずっと全九郎は姿を見せなかった。

十

徳川竜之助は、佃島を訪ねた。

対岸の鉄砲洲から渡し船で向かった。二十人ほど乗り合わせた客に、武士は竜之助一人だけだった。皆、なんとなくよそよそしく感じられた。

冷たい雨が降っていた。

深川の寺で確認すると、少年の遺体を届けたのはやはり佃島の年老いた漁師だった。

島に上陸して、すぐにあの家に向かった。島の後ろ側、江戸湾を見渡すところだった。

雨の中で、置き忘れられた蓑のように、その家はぽつんと海辺にあった。

戸を開けると、囲炉裏の前にいた老夫婦が、力のない目でこっちを見た。

「この前は」

と、頭を下げた。

弥勒の手を届けにきた者だとすぐにわかったらしい。

「はい」

「柳生全九郎が亡くなったのは本当ですか？」

「本当です」

つぶやくように答えた。

「亡くなる前は、わたしどもには津久田亮四郎と名乗っていました」

と、竜之助は言った。

「そうです。わしらも本当の名を知らなかったので……」

と、二人はうなずいた。

「佃島の漁師という意味ではなかったかと」

「その漁師の孫だからと言ってくれました」

老夫婦は袖で目をおおった。

「わしらは桃太郎かと思ってました。子のできなかったわしらに海神さまがさずけてくれた子だと」

奥の小さな棚に新しい位牌が見えた。白木の質素な位牌である。暗い家の中で、腕の骨でも立てたようにも見えた。

その隣りにはやはり粗末だが、ずいぶんと古そうな位牌が二つ見えた。

新しいほうは柳生全九郎のものだろう。あとの二つは尋ねることがはばかられる。子はできなかったとは言ったが、縁者は実子だけではないだろう。海難事故の多さ、海で暮らす者のつらさは、町回りのおりにも聞いたことがある。

「遺体は、傷だらけでした」

と、爺(じい)さんのほうが言った。

「そうですか」

「全身くまなくです。鮫(さめ)に襲われたって、もう少し思いやりのある傷になったでしょう」

無表情のまま言った。

徳川竜之助は絶句した。胸の中が空っぽになったように、言葉は何ひとつ出てこなかった。

「変な話ですが、わしらは死ぬのが楽しみになりました」

爺さんがそう言うと、後ろで婆(ばあ)さんもうなずいた。

「え？」

「いや、自ら命を絶つのではありません。ただ、またあの子に会える日が来るかもしれないと思うと……」

「はい」

と、竜之助はうなずいた。

弥勒の手が全九郎をここまで連れてきた。しかも、全九郎の死を竜之助に教えてくれた。本当にそういう日は来るのかもしれない。

「仇討ちなどを考えるのはやめてください」

と、老婆が言った。

「……」

「あの子はこの島では一度も剣を抜いたり、振ったりしたことはありませんでしたよ」

「そうでしたか」

「剣を嫌っていたのじゃないかと思います」

それはわからない。

柳生全九郎には剣しかなかった。だが、剣を離れた世界もあることは、ここで学んだのだろう。

「仇は考えません。ただ……」

と、竜之助は口ごもった。この老夫婦が望まぬことかもしれない。

なんとしても、全九郎を斬った相手は探し出すつもりである。

おそらく、全九郎は自分たちにまつわる悪意の正体に迫ったのではないか？

それは追わなければならない。

第二章　痩せた権八

一

竜之助と岡っ引きの文治が、日本橋北の十軒店あたりを歩いていると、

「あれ？」

文治がふと立ち止まった。

指を額のところにあてて、急な頭痛でも起きたかのようにも見える。

「どうしたい？」

「いますれ違った男に見覚えがあったんですが、なんか変だなと思いましてね
……」

「どの男だい？」

竜之助は振り向いた。

だが、十軒店はいつものことだがお祭りのような混雑で、たちまち人ごみにまぎれてしまう。

ふたたび歩き出したが、

「あ、かど屋の権八だ。伊三郎さんだ」

と、文治は手を叩いた。

「権八？　伊三郎？」

名前が二つもあるのだろうか。

「いえ、権八てえのは居候のことをいうんです。ほら、白井権八が幡随院長兵衛の居候だったでしょう」

「ばんずい？」

何のことかわからない。

「お若えのお待ちなせえやし。待てとおとどめなされしは、みどものことでござるかなってね。歌舞伎の〈極付幡随長兵衛〉に出てくる名台詞ですよ。長兵衛は、子分三千人を持つ俠客で、ここに美男の剣士白井権八が居候したことから、居候を権八と呼ぶようになったんでさあ」

「ふうん」

芝居の話で、町人たちには常識らしい。こうした知識が、竜之助にはほとんどない。紫の鉢巻を締めたのが助六で、大きな座ぶとんみたいな着物を着たのが暫の鎌倉権五郎でと、にわか勉強に励んでいるが、なかなか追いつけないでいる。

「居候かあ」

と、竜之助は言った。羨ましそうな口調である。

「旦那、ただで飯が食えていいなんて思ったんでしょう？」

「違うのかい？」

「そう甘いもんじゃねえです。居候三杯目にはそっと出し、という川柳があるでしょう。飯のおかわりにも気を使う。やっぱり遠慮があるんです。まあ、何もしなくても飯は食えるけど、そんなふうに遠慮もいるし、それ以上の遊ぶ金なんてもらえっこない」

「そうだろうな」

「当然、退屈という病にかかっちまう。すると、くだらねえことをしでかしては、町内の笑いものになるというのがお定まりです。船頭になったり、湯屋の番台に座ったりというのは、落語でおなじみのところでしょう」

「へえ。船頭か湯屋の番台ねえ」

どっちも経験してみたい。

だが、爺（じい）に知られたら、どれほど驚くことか。田安の人間が町方の同心をしていることでさえ、ありえないことなのである。それが湯屋の番台に座っていたりしたら、間違いなく卒倒するだろう。

「しかも、誰だってなれるというものでもねえ」

「だろうな」

そうそう置いてくれる人は見つからない。

「伊三郎さんもじつは大店（おおだな）の若旦那なんです。勘当のあげくの居候。まあ、身分を押し隠して、市井にひそむ若さまみてえなもんでね」

もちろん文治は竜之助の正体など知らないから、嫌みなどではない。

「ふうん」

どうしても顔が強張（こわば）ってしまうが、

「それで、伊三郎さんがどうかしたのかい？」

と、しらばくれて訊（き）いた。

「あ、そうじゃなくて、瘦せたんです。だから、変だと思ったんです」

「そりゃあ、瘦せることだってあるだろう?」

「だって、ひと月前は正月の鏡餅みてえに肥えていたんですぜ。それがげっそりしていたんですよ」

「ほう」

昔はふっくらした女に人気があったとは聞いたことがある。だが、近ごろは「小股の切れ上がったいい女」などというように、着物姿がすっきりした女のほうが人気がある。そのため、瘦せる努力をする女もけっこういるらしい。

とはいえ、それは女のことで、まさか若旦那は、好んで瘦せたわけではないだろう。

「病気でもしたのかな。かど屋てえのは、この先にある料亭です。気になるからちっと寄ってみませんか?」

竜之助も行ってみることにした。

二

二人はかど屋を訪れた。

料理もうまいが、最後に出る甘いものが絶品だというので、芸者衆あたりにはとくに人気がある。ここに連れて行くと、もてるらしい。

そういえば、自称、味見方与力の高田九右衛門も、自作のうまいもの屋の番付で、この店を前頭筆頭に置いていた。

昼の稼ぎどきが終わって、いまは店の者も一休みしている時刻である。

「よう、すし文じゃねえか」

と、玄関わきで煙草を吹かしていた五十がらみの男が、声をかけてきた。

「やあ、板長。こちらはご存知かい？」

文治は竜之助を見た。

「もちろんでさあ。八丁堀きってのいい男。娘たちがきゃあきゃあいう声をかきわけながら町を歩くと評判ですよ」

板長は泳ぐようにかきわけるしぐさまでしてみせた。

大げさである。

だが、よく「きゃあ」くらいは言われる。

「じつは、いま権八の伊三郎さんと会ったんだよ」

自分も煙草を取り出しながら、文治は言った。

「ああ」

板長は苦笑いをした。若旦那はけっして尊敬はされていないことが、その笑みからもわかる。

「痩せたね」

「そうなんだ。ただ、もともとはそれほど肥っちゃいなかったんだぜ」

「そうなのか」

「うちに来てから、ひと月くらいで四貫目近く肥ったんだ。なんせ、食いもの屋だから残飯も出るだろ。それをどんどん平らげちまう」

「四貫目！」

「しかもあの人の場合は、もっぱら顔とか上半身に肉がついたからな。痩せると目立つんだよ」

「若旦那のくせに卑しいね」

と、文治は呆れた。

「どうも、ほの字の娘から、肥ってるほうが好きなんてことを言われたんだと」

板長も呆れたような口調で言った。

「それが、あんなにげっそりするのかい？」

「うん、今度はひと月ほどで元にもどっちまったからね」

「病気かな」

「違うと思うぜ。このあいだ、風邪が流行ったときがあっただろ。あのとき、若旦那だけが咳一つしなかったんだから」

たしかに、身体が弱っていれば風邪もひきやすかったりするだろう。だが、若旦那は育ちがいいわりに、身体は貧乏人並みに丈夫らしい。

「若い娘っ子たちはしょっちゅう肥ったり、瘦せたりしているが、男にはめずらしいな」

「おそらく、ふられたんだよ。肥ったからもてるとは限らねえ。若旦那はそこを勘違いしたんだな」

「なるほどねえ」

文治は納得したらしい。

竜之助もわきで話を聞いていて、とくに付け足して訊くようなこともなさそうである。

「ところで、若旦那が惚れた娘ってえのは誰なんだろう?」

と、文治が訊いた。

竜之助は内心、それはおせっかいというものだろうと思う。

「それは知らねえ。素人娘らしいとは聞いたがね」

「ふうん」

そこへ、魚屋が配達に来たので、話は終わりになった。

三

二人が表に出たときである。

「あ、若旦那」

向こうから当の伊三郎がもどってくるところだった。

小さな袋を手にしている。どうやらお気に入りの煙草の葉でも買ってきたところらしい。

俯（うつむ）いて、何となく元気がない。

立ったまま、若旦那が近づくのを待ちながら、

「つるっとした面（つら）でしょ」

と、文治が言った。

「ああ。玉子みてえだ」

げっそりはしているのだが、それでも顔のかたちそのものが玉子のかたちなのだろう。

「それもそのはず、実家は玉子屋ですから」

「そうなのか。もしかして、尾張町の？」

「そうです」

正式な屋号は〈たまたま屋〉といい、玉子のかたちの看板はあの通りを歩くと必ず目に入る。

間口はそれほど広くはない。だが、いつも繁盛している。

なんでも駒込のはずれに大きな農園を持ち、何百羽もニワトリを飼っている。

そこでとれた玉子を尾張町の店で売る。

生玉子としてはもちろん、玉子焼きや茹で玉子にしても売っている。竜之助も一度、そこで茹で玉子を買って食べたことがある。

「あそこの玉子はうまいんだよな」

玉子なんてどれもそう変わらないと思うのだが、黄身にこくがあるし、塩加減も上手である。

「そうですね。精もつくって評判です。黄身が二個入ったやつも、けっこう多いんですよね」

「ほう。外からでも二個入ってるっていうのがわかれば、婚姻叶うのまじないとして売れるんだがな」

と、竜之助は言った。近ごろ、なぜか商いの思いつきがしょっちゅう浮かんでくる。

「かど屋もそこから玉子を仕入れたりしてるんですよ。そんな縁から居候に引き受けることになったんでしょうね」

「なるほどなあ」

若旦那は、目の前にやって来た。

二人を見ると、ぎょっとした。文治とは顔見知りだから、竜之助の同心姿に驚いたのかもしれない。

「若旦那。そんなに怯えなくてもいいよ」

と、文治が笑顔で声をかけた。

「はい」

「若いうちはいろいろある。だが、元気出しなさいよ」

慰めるように言った。

「文治。あの若旦那、何か隠しごとがありそうだぜ」

と、竜之助は困ったような顔で言った。

「ああ、どうも」

ここそことかど屋の中に引っ込んでしまった。

四

奉行所へもどる途中、ちょうど尾張町を通るので、玉子屋の若旦那について訊いてみることにした。

文治は玉子屋のあるじとは面識があるというが、町方から直接、何か訊かれたら、ずいぶん心配してしまうだろう。近くの番屋に、近所のことにやたら詳しいという番太郎がいるので、その男に訊くことにした。

「ただね、旦那。あの野郎の口を軽くするには手みやげがいるんですよ」

「何がいいんだい？」

と、竜之助は巾着（きんちゃく）の中身を探った。いつもながら手持ちはあまり多くない。そばの一、二杯はおごってやれるくらいである。

「旦那はいいですって。まだ、見習いなんですから」

「そうはいかねえよ」

「ちっと、お待ちを」

文治は近くの八百屋に飛び込むと、大根を二つ買ってきた。

「大根が手みやげかい？」

と、これには驚いた。

「あいつはうまいものをちっと持って行っても喜ばねえんです。とにかく嵩が張るものじゃないと駄目で、大根がいちばんなんです。もし手持ちが少ないときは、おからがいいです。それでも大喜びです」

なるほど、文治が大根をぶらさげて番屋に顔を出すと、番太郎は破顔した。四十くらいの分別臭そうな顔をした男である。

「おめえに、そこの玉子屋のことを訊きてえんだ」

と、文治が切り出した。玉子屋は番屋の四、五軒先にある。

「あいよ。旦那の二人目の妾にできた子どもの本当の父親のこと？　勘当された若旦那の伊三郎さんのこと？　それとも、裏庭の井戸にまつわる怖ろしい秘密のこと？」

いきなり風で本がめくれたみたいに、ぺらぺらっとしゃべった。

「ほんとの父親って、おめえ、そんなことまで知ってんの？」

文治は目を丸くした。

「知ってますよ。あっしはその家の者が知らないことまで知ってるんですから」

と、番太郎は嬉しそうに自慢した。

竜之助もこれには驚いた。与力の高田九右衛門が、同心たちの家の中のことまで調べているというので顰蹙（ひんしゅく）を買っているが、ここまで凄（すご）くはない。

「誰なんでえ？」

と、訊こうとするのを、竜之助がわきから突っついた。

「おい、文治、違うだろうが」

「あ、今日は伊三郎さんのことを訊きてえんだよ」

「伊三郎さんは勘当されてからここに来てないですよ。半年くらい経つかねえ。いまは十軒店の先のかど屋という料亭で居候をしてますぜ」

と、番太郎は言った。

たしかによく知っている。

「勘当って、よほど悪さをしたのかい？」

「そうでもないでしょう。だいそれた悪さをやれる人じゃねえもの。旦那だって、お灸を据えて、適当なところでもどすつもりですよ」

「何やったんだい？」

「おなじみの女がらみですよ」

「吉原の花魁あたりに入れ込んで、借金でもつくったかい？」

「そこが違うんだなあ。あの若旦那は、花魁などには気持ちが動かないんです。小股の切れ上がったいい女は駄目。小股なんか切れ下がっちゃって、あるんだかないんだか、そういうそこらの素人娘、それにべた惚れする。もう、夢中になる。女から、してと頼まれたことは全部する」

「なんでも？」

「一昨年なんか惚れた女から火の中に飛び込んでくれるような人が好きって言われて、いきなり七輪に腰かけたんですから」

「馬鹿だよ、それじゃ」

文治は呆れた。竜之助は噴き出した。

「馬鹿ですよ。まぎれもない、混じりっけもない馬鹿ですよ。それで、あんな馬鹿にはとても財産は譲れねえってことになったわけです」

見てきたように言った。いや、本当にのぞいてきたのかもしれない。

「親はまだ怒ってるのかね」

「あの若旦那も謝らねえから」

番太郎は嬉しそうに言った。

五

居候の若旦那は、惚れた娘に好かれたい一心で、焼いた丸餅のように肥った。だが、わずかひと月でいっきに痩せた。

小さな町内のできごとということでは、なかなかに興味深いできごとなのかもしれない。

とはいえ、人が痩せた肥ったというのをいちいち調べていたらきりがない。町方なんぞ何人いたって足りなくなる。

しかも、その夜には、押し込み騒ぎのあげく、下手人が店に立てこもるという事件まで起きた。客の女が人質に取られたこともあって、奉行所側は周囲を囲み、説得するしかなくなった。竜之助はもちろん、周囲を囲むその他大勢のほうである。

結局、二日後に下手人は説得に応じ、事件は無事に解決した。

そんなこんなで、竜之助はしばらく、この若旦那のことは忘れていた。

四、五日後——。

竜之助と文治が、浜町堀を通りかかると、権八の伊三郎が掘割に向かって拝んでいるのを見かけた。深刻そうな顔である。

「あんなところに墓でもあったかな？」

「いえ、堀に向かって拝んでますね」

「何だろうな？」

と、しばらくようすを眺めた。

だが、見られているのに気づくと、若旦那は慌てていなくなった。

文治は、堀沿いに出ていた屋台の稲荷寿司売りに、

「ここらで誰かが亡くなったりしたことがあったか？」

と、訊いた。

「はい。若い娘がこの掘割に落ちて、溺れ死んだんです」

「ここで？」

竜之助は首をかしげた。どうにか舟は往復できるが、犬でも立てるくらいの深さである。

「あの日は前日に雨が降って、流れが速く、あっという間に下に持っていかれたんです。それでも、すぐに助け上げたんですぜ。でも、かわいそうに流される途中で石垣に頭をぶつけたり、しかも水も冷たかったりして、引き上げたときは駄目でしたよ」

稲荷寿司売りも手を合わせた。

「あれか。お花(はな)の件か」

と、文治は思い出したらしい。

「誰だ、お花というのは?」

「近くの団子屋の娘で、十八になってましたか」

「じゃあ、伊三郎が惚れてたというのは、そのお花のことか」

「そうかもしれません。あっしは直接には知らねえんですが、お花は肥ってはいたけど、愛くるしい顔立ちで、男にも女にも人気があったみたいです」

文治がそう言うと、

「そうなんです。死んだあとは、この辺一帯で、若いやつらの泣き声が聞こえていたくらいです」

と、稲荷寿司売りも口をはさんだ。

痛ましい話になってきた。

「げっそり瘦せたのは、ふられたというより、それが原因じゃねえのか」

と、竜之助は言った。

「そうかもしれませんね」

「いつのことだ？」

「二十日ほど前、正月の四日でした」

「ふうん」

竜之助が奉行所を休んでいたときに何が起きたか、奉行所の記録に目は通していた。だが、そんなことは何も書いていなかった。単純な事故として処理されたのだろう。

「落ちて死んだねえ？」

もう一度、堀の流れをのぞきこんだ。

いくら娘とはいえ、常識もあるだろう。そうむやみに掘割に落ちたりなんかしないのではないか。

竜之助は、くわしく洗いなおすことにした。

六

事故が起きたのは、遺体が引き揚げられたところより半町ほど上にある水茶屋だった。

まずは、水茶屋のあるじの助三と いう男に話を訊いた。

助三は、歳は三十ほどで、端整な顔立ちをしている。ただ、ときおり小首をかしげたり、ちっと女っぽいしぐさが混じる。にこにこして、客にはもちろん、竜之助たちにも愛想はよかった。

いろいろ訊き出すのは文治にまかせて、竜之助は縁台に腰を下ろして、助三のようすを眺めた。

「さあ、あっしは茶を運ぶのに忙しくてよく見てなかったんですよ。おそらく、座っていたのが、何かのはずみで後ろにひっくり返ったんだと思いますよ」

「客は多かったのかい？」

「常連さんが四、五人いましたかねえ」

今日の客も同じくらいである。

「それで忙しいってかい？」

と、文治は怒ったみたいに訊いた。

こういう口調で、相手にだんだんごまかしは利かないと思わせるのが、文治の得意な手法かもしれない。

「そうですよね。それくらいで忙しがってちゃバチが当たりますよね。でも、話の相手をしなきゃならなかったりするんですよ」

「お花は常連か？」

「ええ、よくお見えでした」

「そこに座ってたんだな」

「はい」

堀の淵といえば淵だが、いくらかあいだを空けてある。よほどの不注意でもなければそこから堀に転がり落ちることはないだろう。

客に向けて訊いた。

「その日もここにいた人は？」

「ああ。おいらも見てましたぜ」

と、一人が手を挙げた。

「あんたは？」

「へえ。あっしはそこの湯屋の……」

湯屋の倅で、昼は一段落つくので、飯を食べてからここで一服するのが習慣になっているという。

「いきなり転がり落ちたのかい？」

「そうなんですが、ただ、その縁台はこっちに誰かがすでに座っていたんです」

「常連か？」

「いや、常連じゃないでしょう？　見たことはあるかもしれないが、おれたちみたいにのべつ来るってことはなかったね。どうだい、助三さん？」

「常連というほどではないですが、たまには」

と、助三は言った。

「こうだな」

と、文治は座ってみせた。

「じゃあ、おいらがお花の役だ」

と、竜之助も席を移し、縁台の隅に座った。

「親分のほうは、もっと横向きでした」

と、湯屋の倅が指をくるりと回すようにした。

「そいつが急に立ち上がったんです。ばきっという音がして、ちょうどそのとき、娘が後ろにひっくり返ったんです」

「ほう」

ばきっと音がしたということは、どこかが壊れたのではないか。

「縁台はどうした？」

と、竜之助がはじめて口をはさんだ。

「さあ。なんせ、落ちた娘を見るのと、流されるのを追っかけるのとで、縁台どころではなかったですから」

湯屋の倅は首を横に振った。

「どうなんだ？」

と、あるじに訊いた。

「あっしも同じです。でも、いま、旦那たちが座っている縁台がそうですよ」

「これか」

竜之助はかがんで足のあたりをよく見た。

「どこも壊れたような跡はねえな」

「そうですか？　ちっとつぶれたみたいになったので、釘を何本か打っておいたんですがね」

「もしかして、その座っていた男ってえのは肥ってはいなかったかい？」

と、竜之助が二人に訊いた。

「ああ、肥ってましたね」

と、湯屋の倅が答えた。

「ほう。肥ってたねえ」

「お花も肥っていたから、そいつが急に立ったので、天秤がいきなり傾いたみたいになったのかな」

と、文治は言って、縁台を持ち上げたりした。

七

ひとまず水茶屋を離れて、近くの橋の上に立つと、

「おい、文治。その縁台に座っていた男は、もしかして伊三郎だとは思わねえか？」

と、竜之助は言った。

「あ、そうですね」

「まずは当人に訊いてみようぜ」

二人でかど屋を訪ねた。この前の板長が、同じ場所に座って煙草を吹かしていた。

「権八はいるかね？」

文治が声をかけた。

「ああ、いるよ。伊三郎さん！」

裏手のほうに向かって怒鳴った。

「なんでしょうか？」

伊三郎がぼんやりした面で出てきた。

「よう、若旦那」

文治が手をあげた。

「あ」

「ちっと、そこまで付き合ってくれねえか」

近くの神社の境内に連れ出した。

伊三郎はがっかりというより、おどおどしている。

「じつはさ、今月の四日に浜町堀に落ちて死んだお花という娘のことを調べてるんだ」

と、竜之助が言った。

今日は竜之助がおもに訊きただすことにしてある。

「お花……」

「知り合いだよな?」

「え?」

しらばくれようとする。

「手を合わせて拝んでたのは、団子屋のお花のことだろ」

「は?」

「どうなんでえ?」

「ええ」

伊三郎はうなずいた。竜之助のというよりも十手の迫力に負けたといったところだろう。

「おめえ、今月の四日は何してた?」

遠回りするような訊き方である。竜之助はむしろ、こっちの手法を使う。野次馬が事件の現場を見守るように、遠くから近づいていく。そうすることで、相手の顔色の変化などがよく見えてくる。

「そんな前のこと」

「前でもその日のことは思い出しやすいんだ。今年は正月三が日の天気は雨がつづいたり、ぱっとしなかった。四日になってようやく青空が広がった」

嘘ではない。おそらくあの日だって、お花や伊三郎たちも正月を迎えて浮き立つような気分で巷に出てきたに違いない。

「そうでしたっけ」

「ほら、日差しが当たって、ここらもぬくぬくしていただろ?」

今日も天気はいい。神社の境内も、隅のほうにたんぽぽの黄色が見えたりして、だいぶ春めいてきた。

「ああ、そうでしたね」

「あのとき、あそこにいた客の話だと、先に誰かが縁台に座っていて、お花はあとから来てそこに座ったんだと」

「そうですか」

「あんただよな」

「え?」

「あの水茶屋に行ってもらおうか？　あんたを見た人だっているんだぜ」

「わたしです」

伊三郎は認めた。

わきで文治が、いい調子ですよというように、大きくうなずいた。

「いきなり立ち上がったんだってな？」

「……」

「そのはずみで、お花は後ろにひっくり返り、堀に落ちたものだから大騒ぎになった。そのあとのことは、皆、知っている。だが、若旦那はなんで急に立ち上がったんだい？」

「呼ばれたんですよ」

竜之助はさりげない口調で訊いた。

「誰に？」

「水茶屋のあるじです」

水茶屋のあるじは、そんなことは言っていない。

「何と言って、呼ばれたんだ？」

「伊三郎さん。ちょっと、と」

手招きをしてみせた。

「なんか話したのかい？」

「いいえ。あたしが立つとすぐに、お花ちゃんは堀に落ちたので、話どころではありませんよ」

「そうだよな」

竜之助はちょっと考え込み、

「お花のこと、好きだったんだろ？」

「ええ」

「お花が隣りに座ったのもわかったんだろ？」

「はい。いつもあそこに座っていたそうです」

「話をしたくて待ってたんだな」

「その前の話で、わたしの努力をわかってもらえなかったみたいなんで」

「肥ってる男のほうが好きだって言われたから肥ったらしいな？」

「そうです」

伊三郎はそこまで言うと、がっくりとうなだれてしまった。

「好きな娘が死んだのはさぞかし衝撃だったと思うぜ。でも、若旦那は何か隠してるんじゃないのかい？」

　と、竜之助は言った。

「ど、どうしてそんなことを」

「おいらには、がっかりしてるっていうより、悩んでるように見えるんだよ」

「それは……お花ちゃんを助けられなかったからですよ。飛び込むにも、わたしは泳げないし……」

　そう言うと、伊三郎はおいおいと泣き始めた。

八

「若のようすはどうだ？」

　柳生清四郎が厳しい表情で、八丁堀の役宅を訪ねて来た。

「とくにお変わりなく、同心の仕事に奔走しています」

　女中のやよいは答えた。竜之助はまだ、奉行所からもどって来ていない。

「そうか」

　竜之助の宿敵だった柳生全九郎はすでに亡くなっていた。三月ほど前のことである。身体中を斬り刻まれたような、ひどい遺体だったらしい。

それは亡くなってからつけられた傷なのか。

それとも、戦った際につけられた傷なのか。だとしたら、どんな剣が天才柳生全九郎にそのような傷をつけられるものなのか。

全九郎の死は、竜之助にとっても衝撃だったに違いない。

だが、それを表に出さず、ひそかに堪えているのだ。

「清四郎さま。どうなるのでしょう?」

「何が?」

「風鳴の剣です。何もわからないまま、この世から消えて行くのでしょうか」

やよいはつらそうに言った。

やよいもまた、無関心ではいられない。風鳴の剣の行く末を見守るのが、やよいの家に課せられた使命なのだ。

「若なら、おそらくこう言うだろうな。あらゆるものが、自分が何ものなのかわからぬまま消え去って行くと」

「まあ」

「だが、自分の宿命を解き明かしたいという気持ちもおありだろう」

「そう思います」

「風鳴の剣については、若はおそらく、封印したままだろう。しかも、あれだけの怪我をしたからには遣おうとしても難しい」

「どうなるのでしょう？」

やよいは小さな子どものように、かすかに身体を震わせながら言った。

「わからん」

「清四郎さまも、諦めてしまうのですか？」

「骨つぎの診断によると、方々の骨がこまかく砕けたまま、中途半端にくっついてしまったのだそうだ。そのため、滑らかな動きはできなくなっているのだと」

「なんと……」

となると、治ることは期待できないだろう。

「だが、わしも剣士のはしくれ。二百年以上に渡って代々伝えられてきたものを、わしの代で葬るのはつらい」

と、静かな声で言った。

「わたしも同じです」

「やってみるか」

「ただ、お身体は大丈夫なのですか？」

「何度も動かしつづけることで、やがて出っ張ったところはすり減り、足りぬところは補われる。身体というのはそういうものだ」

「でも」

それには凄まじい痛みに堪えることになるだろう。内側に走る痛みは、剣で身を斬られるよりもつらいのではないか。やよいの表情から気持ちを汲み取ったのか、清四郎は自分に言い聞かせるように言った。

「痛みなど……若もあれほどの痛みに堪えたのだから」

九

翌日——。

竜之助と文治は、もう一度、水茶屋にやって来た。

今日もぬくぬくして気持ちがいい。

この店のお汁粉は人気があって、若い娘たちが何組も来ている。

「え、あの方……」

「きゃあ、福川さま」

娘たちの声が上がった。

そんな声に、あるじの助三は笑顔を浮かべながら、

「ほらほら。あんたたちが、あんまりきゃあきゃあ騒ぐと、旦那は逃げちまうよ」

と、意地悪く追い払うようなしぐさをした。

「同心さまも、あんな娘たちに騒がれると、睨みが利かなくなっちまいますよね」

「いや、別にいいんだ」

竜之助は、肩を怒らせて、睨みを利かせて歩くなんてことはしたことがないし、するつもりもない。

「え？　悪党相手のご商売でしょう？」

「そりゃあそうだが、悪党なんかそんなにいっぱいいるわけじゃないし」

「はあ」

「まあ、睨んで歩くのは、ほかの先輩たちがいるしな」

矢崎三五郎あたりは、同心三人分くらいは、睨みを利かせて回っている。

それに、町方の同心が若い娘に人気があるというなら、この先、後輩たちの仕事の励みにもなって、やりがいにもつながるだろう。

「また、訊きたいことができたんだよ」

「何でしょうか」

「お花があそこに座っていたとき、隣りに伊三郎という若旦那が座っていたんだ」

「はい。あの方ですね」

と、顔を思い出すようにした。

「あんた、この前はそんなこと何も言ってなかったぜ」

「そうでしたっけ？」

「うん。常連じゃないが、たまに来るとしか言わなかった」

「それは嘘じゃありません。ほんとのことですよ」

と、水茶屋のあるじは苦笑いをしながら言った。

「そう。ほんとのことだ。でも、あのときは、縁台に誰かが座っていて、その男は何者だったんだろうという話だった」

「そうでしたっけ？」

「あんたは、伊三郎という名前まで知っていた。でも、何も言わなかった」

「ああ、あっしらのような客商売は、店のお客さんについては余計なことは言わないってことが習い性になってましてね。そいつは、あいすみませんでした」

と、助三は素直に詫びた。

「その伊三郎が急に立ち上がった。それはあんたに名前を呼ばれたからだったそうだ」

「あたしが？　名前を呼んだ？　何でしょう。注文でも訊こうとしたんでしょうか？」

「ああ、なるほどな」

こういう店ではよくある光景だろう。

「それがどうしたんで？」

「いや、何でもねえ。それより、あっちが注文したいみてえだぜ」

と、竜之助は向こうの客を指差した。

また、お汁粉の注文が入ったらしく、あるじの助三は隅にある簡易な台所に向かった。

その隙に、

「ちっと訊きてえんだが」

と、竜之助は常連客の湯屋の倅に話しかけた。

「お花ってのは、たいそうな人気者だったらしいな？」

「ええ、人気はありましたよ。なんせ、ころころとした体形が憎めないうえに、愛想はいいいし、話が面白いんですよ」

「ほう」

「最初はからかい半分で声をかけるんです。まさか、自分はこんな肥った娘に本気で惚れるわけがねえと、油断するんですよ」

「油断かい？」

面白い言い方だが、男心のあやのような気もする。

「はい。ところが、あまりの愛想のよさに、こいつ、おれに惚れてるのかなって気になってくるんです」

「ふむふむ」

「肥ってはいるが、よく見ると、けっこうかわいい顔をしてる。そのうち、お花が来ないと寂しく感じられたりする。そんときは、もうお花のとりこってわけでさあ」

「なるほどなあ」

一つ、学んだ気がする。それは、やよいともお佐紀（さき）とも違う娘の型かもしれない。

「かわいそうなことになっちまったですからね」

と、湯屋の倅もがっかりしたようすである。

「まったくだな。ただ、訊きにくいんだが、それだけ愛想がよくて、大勢にもてても、みんなと付き合えるわけはないよな」

「そりゃそうです」

「どうなるんだろう?」

竜之助もそれは不思議な気がする。

「それなんですよねえ。かわいさ余って、憎さ百倍なんてこともあったんじゃないですかねえ」

湯屋の倅は、声を低めて言った。

十

竜之助と文治は、もう一度、伊三郎と会った。

伊三郎には、調べのことがあるので、この日はかど屋でおとなしくしていてくれと頼んでおいた。

その頼みを聞いて、ちゃんと待っていてくれたのである。

「昨夜は眠れませんでした」

と、伊三郎は目に隈をつくった顔で言った。

「お花ちゃんがいなくなって悲しいのと、あたしが何か疑われているのかと思ったら……」

「だから、若旦那を疑っているんじゃないと、あれほど言ったじゃねえですか」

と、文治は肩を叩いた。

「でも、町方の旦那たちにこうもいろいろ訊かれると……」

「そうだよな。そんなふうに、思ってしまうよな」

と、竜之助は言った。それが当たり前だろう。ふつうの町人たちは、町方にあれこれ詮索されることなど、ほとんど経験がない。一生に一度あるかないかである。それを、心に何かやましいところがあるから怯えるのだ、と見るのはかわいそうだろう。

「若旦那の心配を早く消すためにも、しっかり思い出してもらいてえんだ。いいかい？」

「ええ、どうぞ」

「若旦那は、そもそもなんで、あの縁台に座っていたんだい？　待ち伏せしてたのかい？」

「はい。もう一度、お花ちゃんと話したかったんです」

「でも、わざわざ、あそこに座って待ってなくてもいいだろうよ」

「それは、あそこのあるじが、あたしの気持ちを察してくれたらしく、そこに座って待っているといいって。娘さんが来たら、隣りに座らせてやるからって」

「ほう」

あのあるじは、粋な役割をつとめてくれようとしたらしい。

「でも、横向きだったよな」

「それは、お花ちゃんがあたしの顔を見て逃げてしまわないよう、横を向いてたほうがいいんじゃないのかいと言われたからです」

「そうなのか」

まさにお膳立てを整えてくれたわけだ。

「待てよ、おい。ううむ」

竜之助は、胸の中から何か絞り出すように唸った。

十一

「旦那、何を確かめたいんですか？」

と、文治は小声で訊いた。

「うん。あそこは、夜はどうなっちまうんだろうと思ってな」

竜之助は物陰に隠れて、助三の水茶屋が店じまいするのを待っていた。

「あ、そろそろ片づけ始めましたぜ」

ちょうど日も暮れようというころである。暮れ六つ（午後六時）の鐘も鳴り出している。

いくらか赤くなっていた西の空もどんどん蒼ざめていく。高い空をカラスの群れが飛び、低い宙をコウモリが乱舞している。

水茶屋は簡素なつくりである。

周囲をよしずで囲い、縁台を並べるだけである。茶や汁粉などを準備するところは屋台のようになっている。店じまいのときは、縁台を片づけて屋台の裏に置くだけだった。

助三は作業を終えると、周囲を見回し、竜之助たちがいるのと反対のほうへ歩いて行った。すぐ近くに住まいがあり、そこから来ているらしい。

すでに日はすっかり暮れた。足元もおぼつかない。

「よし、文治、行くぜ」

まずは提灯に火を入れた。

それから、すっかり片づいた水茶屋のところに来ると、文治に提灯を持ってもらい、屋台の後ろに重ねた縁台を一つずつ確かめ始めた。

「旦那、何か探してるんですね？」

「壊れた痕をな」

「もしかして、わざと壊したとか？」

「決まってるじゃねえか」

「それが、痕を見ればわかりますか？」

「おっ。ちょっと提灯を近づけてくれねえかい」

文治もいっしょにしゃがみ込み、提灯を寄せた。

「ん？」

「どうしました」

「ほら、これだよ」

竜之助が指差したのは、いちばん奥のほうにあった縁台である。小さな布きれがついていた。暗いので、よほど注意しないと見えないくらいである。

「こりゃあ、やっぱりお花の家で話を訊くしかねえだろうな」

十二

一日中、歩き回ったせいで、奉行所にもどったときは、竜之助もさすがに疲れていた。

奉行所は静かだった。

といって、誰もいないわけではない。夜の火事や事件にそなえて、かなりの人数が宿直(とのい)をしている。ただ、宿直部屋のほうに集まっている。

皆、帰ってしまった同心部屋で、一休みしていると、

「福川、どうだ？」

高田九右衛門に声をかけられた。

「もう、すっかり大丈夫です」

「無理するなよ」

やさしいことを言ってくれるが、手にはちゃんと、同心のようすを詳しく記し

た高田の閻魔帳を持っている。

「わしは、思ったのだがな、そなたが手を怪我したというのは、同心なんぞやっていてはいけないという天のおぼしめしかもしれぬぞ」

「え？」

内心、どきりとした。自分の身元が割れてしまったのではないか。

「福川、そなた、与力になれ」

と、高田はいきなり言った。

「同心と与力は身分が違います。なれませんよ」

と、竜之助は笑った。だが、本当はそういうことができるようになるといいのだ。

「ところが、なれるのだ。与力の家に養子に入ればいいだけだ」

「養子に」

嫌な予感がした。

「というと？」

「そなた、高田竜之助になれ」

「……………」

頭の中で波が立ったような気がした。

「もう一度、おっしゃっていただけます？」

「わしの家に養子に入れば、そのまま同心見習いが、与力見習いになる。そして、わしは年内に隠居をするから、そなたはそのまま与力になる。な？」

「いや、ちょっと待ってください」

「こんないい話はほかにないぞ」

「ですが、以前、高田さまのところは、お嬢さまに婿をもらったとうかがいましたが」

望んだわけではなかったが、二人で酒を酌み交わしたことがあった。そのとき、高田はしみじみした調子で家の事情を打ち明けたのである。

婿を取ったが、身体が弱く、町方の仕事ができないとのことだった。

その人が亡くなりでもしたのか。だが、そんな話は伝わってきていない。

「婿は実家にもどった」

「まさか、無理やり？」

それではかわいそうすぎる。

「違う。婿の実家が言い出したことなのだ。あれは実家で養生させると」

「なるほど」

「かわりにその弟のほうをやると言ってきたのだ」

「おめでとうございます」

「それがちっともめでたくない。この弟というのは、たしかに身体はけた外れに丈夫だ。ただ、なんというか、町の暮らしが身についておらぬ。というより、人としての常識が身についておらぬ」

と、恐ろしく悲痛な表情になって言った。

「どういうことでしょう？」

「ものを食うときは、手で食う。箸がうまく使えぬ」

「箸などは稽古すれば」

と、竜之助は笑って言った。

「寝るときは、布団には寝ない。押し入れとか、木の上で寝たがる」

「どこで寝ようが、ぐっすり眠れさえすればよいのでは？」

と、竜之助は微笑んだ。

「歩くときは、うっかりすると手を地面につき、四つ足になって歩く」

「それは異な……」

だんだん笑えなくなってきた。

「どうも幼いときに猿にさらわれ、何年か猿に育てられたらしい。そのときの習性がときどき出てしまうのだ。せいぜい半年のうち十日ほどだというが、あれを見てしまったらなあ」

と、高田は深いため息をついた。

「あれでは娘がかわいそうだ。あれはもらえぬ」

「はい」

「今年、三十四になった」

「そうですね」

「器量も悪い」

「そんなこと……」

「そのかわり、与力になれる。福川、当家に来い」

高田は与力の威厳をこめて、命令口調で言った。

「いや、そうはいきませぬ」

「なぜだ」

「わたしには、親が決めた許嫁(いいなずけ)がいますので」

とっさに嘘をついてしまった。

十三

助三の水茶屋で騒ぎが起きたのは、まだ客もまばらな昼前のことだった。

「誰か落ちたぞ」

「またかよ」

「助けてやれ」

皆、堀のほうに駆けよった。

堀の近くの縁台に座っていた若い男が、いきなりそっくり返るように、堀の中に落ちたのだ。

今日は堀の水も多くない。

「大丈夫か？」

と、声をかけたのは竜之助である。

いままで隣りの店の軒先にさりげなく隠れていた。

「ええ、大丈夫です」

そう言って、堀の縁に手をかけると、その若い男は軽々と上がってきた。

「ご苦労だったな」

と、文治が言った。文治のところの下っ引きなのだった。

「こういうことなんだよ、伊三郎さん」

「はい」

伊三郎の表情は硬かった。

竜之助に呼び出され、縁台に座っていた。誰かが伊三郎の隣りに座り、呼ばれて立ち上がると、その男はいきなり堀に落ちた。男はお花の役を演じたわけである。

「お花の死は仕組まれたものだったんです」

と、竜之助は言った。

「………」

「そのことは、伊三郎さんも薄々勘づいていたんだろ？」

「………」

伊三郎は何も言わず、ちらりとあるじの助三を見た。

助三は若者が堀に落ちたときから、強張（こわば）った表情のまま、立ちつくしていた。

「そう。ここのあるじの助三が仕組んだのさ」

「いったい、何を」

と、あるじの助三が声を上げた。

「こんなふうになるよう、縁台に仕掛けがほどこされていた。つまり、縁台の足の一本はすぐ外れるようになっていて、じっさいは三本足だった。だから、本当はお花が座ればすぐにひっくり返るはずだった。だが、伊三郎さんがそっちの端にいてくれたおかげで、お花が座っても大丈夫だった」

「………」

「つまり、若旦那の重さを利用されたんだよ。肥ったことが災いしちまったのさ」

「そうなので……」

伊三郎はじっと助三を見た。

「やめてくださいよ、おかしな勘ぐりをするのは」

助三はそっぽを向いた。

「ところが、勘ぐりなんかじゃねえ。悪いけど、あんたが店じまいしたあとで、おいらは縁台を一つずつ調べさせてもらった」

「縁台なんか、どれも同じですよ」

「そうだよな。それで、仕掛けもわからなくなっちまうはずだったんだよな。ところが、お花はちゃんと、その縁台が特定できるような証拠を残しておいてくれたのさ」

「え」

「これだよ」

と、竜之助はこの前、見つけた布きれをつまんだ。大事に紙で包んでおいたのである。

「何ですか、それは?」

「そっちの縁台の足のところにひっついていたのさ。頑丈なほうの足だぜ。しかも、反対側の足をよく見てみな。釘を打ったあとが、ほかの足と違って新しくなってるから」

伊三郎が顔を近づけてのぞきこみ、

「ほんとですね」

と、言った。

「つまり、同じことをいま、やってみせたわけさ」

「な、なんであっしがそんなことを?」

助三が居直った口調で言った。

すると、伊三郎がつらそうな表情で、

「それはたぶん、あたしに同情してくれたんだと思います」

「若旦那、やめときな」

と、助三は言った。

だが、伊三郎はかまわずつづけた。

「あたしは、助三さんに恋の相談をしたことがあったんです。愚痴を聞いてもらい、なんとか希望を持ったこともあります。お花ちゃんが肥ってる男のほうが好きだというから、自分もしこたま食って肥りました。ところが、肥ってる人なら誰でもいいわけじゃありませんと言われ、がっくり落ち込みました。そういうことも、助三さんは知っていたんです。だから、同情してくれて……」

「だから、お花のことがあったとき、もしかしたらという思いもあったんだろう？　もしかしたら、助三が自分の思いを汲んで、仕返しをしてくれたんじゃないかと」

と、竜之助は訊いた。

「はい」

「おかしいと思うところはあっても、おいらたちには言わなかったんだよな。そのことも伊三郎さんを苦しめ、そこまでげっそり瘦せてしまった」

「申し訳ありません」

　伊三郎は頭を下げた。

「ところが、違うんだよ」

　と、竜之助は言った。

「違う？」

「おいらたちは、その着物の布はしがお花のものかどうか、確かめるため、お花の家に行ったのさ。なあ、文治」

「ええ」

　文治はうなずき、にやりとした。

「着物のことは間違いなかったよ。破けた着物を着せて送るのはつらいと、新しい着物を着せてやり、そっちは取っておいた。布はしを合わせると、ぴたりと合ったよ」

「……………」

　助三はそっぽを向いたまま聞いている。

「親ごさんが言うには、お花は誰に対しても愛想がよかったそうだぜ。だから、罪つくりなところはあったかもしれねえと。そのくせ、いざ言い寄られると、お花はすげなくすることもよくあったみたいだ。伊三郎さんにしたみたいにな。だから、わからねえでもねえんだ。お花を憎く思う気持ちも。でも、おいらみてえな青二才が言うことじゃねえんだけど、笑って諦めてやるのも、男の修業みてえなものなんじゃねえかな。お花は嬉しかったんだよ。すげなくしてもさ。そこらは女ごころなんだろうな。だから、もらった恋文は全部、大事に引き出しに仕舞っておいたんだぜ」

竜之助はそう言って、助三を見た。

「あ」

助三の顔がさっと赤らんだ。

「あんた、ずいぶんご執心だったんだな。自分のための意趣返しだったんだよな」

「あの、小娘が。あの、デブが」

口汚くののしり出した助三に、文治がすばやく縄をかけた。

十四

数日後――。

意外な男から、竜之助宛てに手紙がきた。中村半次郎からだった。

几帳面で律義そうな文字である。

「若さま、そんなに嬉しそうな顔をなさらなくても」

やよいが咎めるように言った。

「なぜだ？」

「お命を奪いに来た人でしょう？」

「まあな」

「しかも清四郎さまをあんな身体に」

「お師匠さまは雷に打たれてあのようになった。中村さんのせいではない」

「ですが……」

やよいは、向こうがなんともなかったのが悔しいのだろう。

「どれ……」

と、竜之助は手紙を読み出した。

だが、見る見るうちに顔色が変わっていった。


わたしは帰る途中、気になることがあって、尾張に立ち寄った。

そこで、柳生流の道場をいくつか訪ね、道場破りを試みたのだ。

そのうちの一つの道場主と懇意になった。

そこで、聞いた話によると——。

どうやら、尾張徳川家には、柳生のもう一つの秘剣があるらしい。その名は雷鳴(らいめい)の剣というそうだ。

わたしは、徳川竜之助の剣と戦いたかった。だが、竜之助どのが怪我をしたため、それは諦めた。

しかし、同じ柳生新陰流で、もう一つ、風鳴の剣と並び立つ秘剣があるというなら何としても戦いたい。

わたしは、もうすこし、この地に滞在し、事実を探ってみようと思う……。


「雷鳴の剣……」

と、竜之助はつぶやいた。まさしく風鳴の剣に呼応するような名称ではないか。

「いったい、どんな剣なのでしょう？」

やよいは、その手紙に答えがあるかのように、じっと見つめた。

手紙の最後は、ひょうきんな調子で、こう結ばれていた。


そのうち、柳生の敗北を知らせる書状が届くかもしれぬ。お楽しみに。


「だが、日付は昨年の暮れになっているな」

「何かの事情で遅れたのでしょうね」

京都の騒乱の影響がこうしたところにも出てきているのだ。

「ということは……」

中村半次郎は、雷鳴の剣とすでに戦ったのかもしれなかった。

第三章　天女とごぼう

一

江戸いちばんの繁華街である両国橋西詰で、ふざけた見世物小屋が人気を集めていた。

西詰といっても、ごった返す広小路あたりではない。もっと隅の、薬研堀(やげんぼり)近いあたりにかけられた小さな小屋である。

だが、このあたりの店の中では、ひときわ目立つくらいの人出だった。

「ほら、ここだよ」

と、頭の上の看板を指差したのは、かつてスリの名人としてならしたお寅(とら)である。

お寅はいま、自分の住まいで五人の子どもたちの面倒を見ていて、その子たちを見物につれて来たのだ。

「ここかあ」

「なんだか怖い」

子どもたちは看板を見て、怯えたような顔をしている。

色鮮やかな、毒々しい絵が描かれていた。痩せたタヌキみたいな獣が牙を剝いている。怒り狂った弁慶もいる。巨大な生きものはゾウというやつらしい。

看板の下にはこれまた恐怖に震えたような筆致で、「カマイタチ」とか「弁慶の七つ道具」とか「ゾウの鼻」などと書いてある。

そのわりには、小屋の出口から出てくる人たちの顔は、困ったような笑いを浮かべている。

「やあ、お寅さん。来てくれたんですね」

中から出てきたここの小屋主らしき男が、大きな声をあげて両手を広げた。

「長太さん。ほんとにいいんだね。ただで入れてもらって」

「もちろんさ」

五人の子どもたちに、たまにはめずらしい体験をさせてやりたい。だが、五人を連れて行こうと思ったらかなりの金がかかる。

このあいだ、町でばったり会った長太が、いまは両国で見世物小屋をやっていて、連日、たいそうなにぎわいだという。面倒を見ている子どもたちに見せてあげたいが、食べさせるのが精一杯でと言うと、木戸銭なんかいらない、昔、世話になったんだから、ぜひ連れて来てくれというわけだった。

長太は、お寅の師匠であるスリの銀二（ぎんじ）がまだ生きていたころ、よく遊びに来ていた。通称、あかんべ長太。喧嘩になると、あかんべえをしてひたすら逃げてしまうというところからついたらしい。話が面白いので、銀二にかわいがられていたのだ。

「さ、入った、入った」

声に押されるように、一行は簾（すだれ）のように下がった筵（むしろ）を持ち上げながら、中へと入った。

細長い二十畳ほどの広さである。壁の上半分は何もなく、外の光も入ってくるので明るい。

そこに、見世物が十二、三点ほど点在していて、客たちがばらばらにそれをのぞきこんでいる。

「なんだ、こりゃ。カマイタチだって？」

と、五人の子どものうち、いちばん年長の新太(しんた)が、不満げな声を上げた。

置いてあるのは、板にカマが刺さったものである。よく見ると、板には血が染みたようになっている。

「もしかして、これってカマ、板、血？」

わきで、賢いおみつが、

「ぷっ」

と、噴いた。

「ねえ、こっちは弁慶の七つ道具っていうんだけど、どう見たってただの大工道具だよなあ」

と、松吉(まつきち)が呼んだ。

「ほんとだ、どこが弁慶だよ」

新太が文句を言うと、中にいた十三、四の少年が、

「それは、弁慶ではなく、ムサ慶と言われる大工の道具なんだよ」

と、言った。こうした文句に答えるためにいるらしい。

「ムサ慶？　なんだ、そりゃ？」

「よく見てください。弁の字じゃないでしょう。隙間があり、ムとサですよね」

言われて見ると、ほんとにムサである。

「ムサって何だよ」

「むさ苦しいのムサですよ。むさ苦しい慶太という大工の道具なんです」

「はあ」

呆れて笑ってしまう。

「じゃあ、これは何だろうね。ゾウの鼻って書いてあるけど、どう見てもイノシシの鼻の輪切りだよ」

干からびた肉で、せんべいのように薄いが、穴が二つ並んでいる。

「ほんとだ」

「おい、これはイノシシの鼻だろう」

と、言うと、

「いや、これは絶対にゾウの鼻です。そんなに疑うんでしたら、それを持って行っていいから、ゾウの鼻と比べて来てください」

自信たっぷりの口調でそう言った。

誰もゾウの居場所なんか知らないのだ。

「まいったなあ」

ほかのどれもこの調子である。出てくる客が皆、苦笑いを浮かべていたのもわかる。だが、これだけなら、いくら安い木戸銭だったとしても、怒りたくなるのではないか。

二

客たちが皆、呆れ顔になったころ——。

どろどろどろと、太鼓の音が鳴り響いた。

「うわっ」

皆は何事かとぎょっとする。突き当たりにあった大きな筵が、ささっと上がった。

舞台というほどではないが、ちょっとした小部屋があり、芒（すすき）の葉などが飾られて、これまでとは違ったいかにも怖そうな雰囲気があった。

そこには、男と女の二人がいた。男のほうは、さっき挨拶した小屋主の長太ではないか。

長太は、右手に大きな刀を構えていた。

「きゃあ、何するの！」

耳をつんざくような女の叫びが上がった。あまりにも真に迫っていて、中にいた浪人者らしき男が、思わず刀に手をかけたほどだった。

「よくも、おれにないしょで、他に男をつくりやがったな」

「つくっちゃいないよ。あんたの考えすぎだよ」

「嘘をつけ。もう、だまされねえ。ふっふっふ、こうしてやる」

と、長太はその刀で左手に持っていた大根を斬ってみせた。すぱっと落ちた。ちゃんとした刃物であることはわかった。

「てめえみてえな裏切り者は生かしちゃおけねえ」

刀を前に向け、女に近づいた。

「やめて」

きれいな女の人に刀を突き刺した。刀は背中のほうまで突き出てしまう。着物に血がにじんだ。白い浴衣地なので、血の色は強烈だった。

客席から悲鳴まで上がった。子どもたちは目をふさいだり、お寅の後ろに隠れたりした。

刺したほうもびっくりして、あわてて刀を引っこ抜いた。

女はふらふらして、芒の草むらにばたりと倒れた。

「すまねえ。しっかりしてくれ」

長太は駆け寄った。

「もう駄目だよ」

「死んでしまうよ」

客の中からはそんな声も出ている。

「どうする気だ」

「誰か町方を呼んでこいよ」

客の中からはそんな声も出てきた。

ここで、太鼓の調子が変わった。おどろおどろしかった調子が、てけてんてんといったおどけたものになった。

すると、倒れていた女が、いきなり、

「そんなに謝るなら、許してやるか」

明るい声でそう言うと、ぱっと立ち上がったではないか。

しかも、女はさっと着物をはだけ、腹のあたりを見せてくれる。浴衣地の血はそのままだが、腹には傷一つない。

「うぉーっ」

客全員が目を瞠(みは)った。拍手も出た。

巷の噂にはなっていた。あそこはどれもこれもくだらないものばかりだが、一つだけ本当にびっくりするものがあると。

これは、なかなかうまい商売だった。

笑いがあって、驚きと恐怖があって、また笑いにもどる。まるで戯作(げさく)の台本のようではないか。

一度、引っ込んだ長太が、また客のほうに出て来て、

「どうでえ、お寅さん？」

「ああ。さっきの刀には驚いたよ」

「だろ」

「子どもにはちょっと刺激が強すぎるけどね」

じっさい、いちばん小さなおくみなどは、お寅の腰にぴったりしがみついていた。

「そうなんだ。おいらもそれは気になっちゃってさ。だから、これで帰りに甘いものでも食わせてくんな」

巾着から二分銀を取り出して、お寅に握らせた。

「いいよ、長太さん。無理しちゃ駄目だよ」

「無理なんかしねえって。ほら、客の入りを見てくれたらわかるだろ」

たしかに、狭い小屋はいっぱいだし、すぐに次の回の客が並ぶほどの人気だという。

「あの女の人がまた、芝居がうまいんだもの。ドキドキしちまったよ」

「ああ、みんな、そう言うんだ。別に役者あがりでもねえ、ただの素人なんだがね」

「からくりもよくできてたしね」

「仕掛けは教えねえよ」

「わかるよ。冷静になれば」

「まさか」

「こうだろ」

と、お寅は耳打ちした。

「当たった。さすがはさびぬきのお寅」

長太が大声を上げたのを、

「通り名を言っちゃ駄目だよ」

と、たしなめた。

「おっと、すまねえ。姐さん」

長太は慌てて詫びた。

「それにしても、安心したよ。ちゃんと人まで使ってるし」

「なあに、女が一人と、子どもと年寄りだ。まあ、それでも飯は食わせてやらなくちゃならねえからな」

余裕のある笑みを浮かべた。

「そうだよ、大変なことだよ。出世したよ。あんたも変わった」

お寅は本気でほめた。若いスリがちゃんとした仕事を持って堅気になったときも、こんなふうに嬉しい。

「お寅さんこそ。こんなに大勢の子どもの面倒を見るようになるなんて、夢にも思わなかったよ。あのころのお寅さんは凄かったよ。あたしゃ、日本一のスリになってやる。将軍さまの懐まで狙ってやるって息まいてた」

「やめとくれよ、長太さん」

「いや、あれはあれで粋だったよ」

「あたしはただ、バチが当たったんだよ」

と、お寅は悲しげに俯いた。

「なんだ、こりゃあ」

お寅の後ろで、松吉の大きな声が上がった。

「どうしたい、松吉？」

と、お寅が訊いた。

「天女のぞうりってあるんだけど、ぞうりじゃなく、ごぼうが置いてあるんだよ。なんで、ごぼうなんだい？」

「ごぼうだと？」

長太は驚いてそばに寄った。何の変哲もないごぼうだが、

「まさか……」

と、長太は慌てて、中にいる客たちを見回した。顔色が真っ青で、表情も強張っている。

「どうしたい、長太さん？」

お寅が心配そうに長太の顔をのぞき込む。

「いや、いいんだ。ちっと、外を見てくる」

と、飛び出して行った。

長太はそのまま帰ってこなかった。

三

翌朝──。

見世物小屋の中で、小屋主である長太の死体が見つかった。

昨夜は小屋を閉めるまで、もどって来なかった。戸締りをして帰り、朝、いちばんにやって来た爺さんが、泥だらけで横になっている長太を見つけた。

「小屋主。駄目ですよ、こんなところで寝てちゃ」

返事がない。

「ねえ、小屋主……あっ、大変だ」

番屋に報せに走り、すぐに福川竜之助と岡っ引きの文治、ほかに検死役の同心などが駆けつけてきた。矢崎三五郎や大滝治三郎などはまだ出仕してきていなかったので、おいおい到着するだろう。

爺さんは泥だらけと言ったが、そうではなかった。口に土を詰め込まれていた。いっしょに首も締められていて、窒息死したのだろう。

「金はどうだ?」

竜之助が小屋の爺さんに訊いた。

「売上はいつも腹巻に入れてました」

「どれ……ないみたいだな」

それから、竜之助は、

「土はどっかから持ってきたのか?」

と、周囲を見回した。

「いや、ここの土ですよ」

すこし離れて立っていた文治が、足元を指差した。

小屋の隅に削り取られたあとがあった。遺体とはすこし離れている。ということは、先に首を絞め、気を失ってからわざわざ土を口に入れたのだろう。

これは、何を意味しているのか?

しばらくして、出入り口のところに知り合いの顔を見つけた。

「よう、お寅さん」

驚いてはいるが、そこらのおかみさんのように蒼ざめて震えるばかりといった反応ではない。異変をしっかり見つめる胆(きも)の太さが感じられる。やはり、相当えぐみのある人生を送ってきたに違いない。

「どうしたんですか？」

お寅が訊いた。

「ここの座主が殺されちまったんだよ」

と、竜之助が答えた。

「長太が……」

「知ってるのかい？」

「はい。昔からの知り合いです。昨日もここに来たんです」

すぐに帰るつもりだったらしく、今日は子どもたちも連れていない。

「へえ」

「まさか、あのことが……ちょっと気になることがあって、また来たのですが、やっぱりあれが理由だったのかねえ」

「詳しく聞かせてくれよ」

「ええ。そっちに〈天女のぞうり〉と題のある見世物があるんですが、じつは、何もないという見世物なんです。天女は空を飛んでいる。だから、ぞうりなんか要るわけがないというのが、理由というか、オチになっているわけです」

このオチはお寅が推測したのではなく、昨日のうちにここの小僧から教えられたのである。

「ふざけた見世物だね」

「ところが、昨日、そこにごぼうが置かれてあったんです」

「ごぼうって、あのきんぴらにするごぼう？」

「ええ。それで、そのごぼうを見ると、長太はひどく驚いたんです。げっと言いました。それから真っ青になって」

「まだ、あるかな？」

竜之助の問いに、文治が、

「これですよ」

と、指差した。

竜之助は、その置いてあった物を見た。

「違うな。置かれているのはただの木の根っこだ」

「いや、旦那。これがごぼうです」

と、文治は苦笑した。

「もっと白くて細いのでは？」

「それは洗って皮をむき、刻んだやつなんです」

竜之助は、土のついたごぼうをつまんで、

「なるほど。匂いを嗅げば、ふつうのごぼうだ。そうか、木の根っこというのは、食えるものだったのか」

と、言った。まだ勘違いしているらしい。

「だから、木の棒じゃねえんですよ」

文治は苦笑いどころか、大口を開けて笑い、長太の顔を見て、ふたたび表情を引き締めた。

「毒でも入っているのかな」

竜之助はかざしたりして疑っている。

「どうでしょう？」

文治は首をかしげた。

「食ってみようか」

「やめたほうが」

竜之助はそのごぼうをぽきりと折った。野趣のある爽やかな匂いがする。たしかに毒はなさそうである。

「これが手がかりですかね」

文治は、呆れたように言った。

四

まもなく、矢崎三五郎が三、四人の小者を連れて駆けつけて来た。

子どもたちの世話もあるだろうと、お寅にはいったん帰ってもらうことにした。

入れ替わりにやって来た長太の女は、二日酔いのうえに、死体を見た衝撃で、倒れこんでしまった。しばらく休ませたまま、爺さんや小僧の話を訊き込んだが、手がかりといったものはなさそうだった。

そこで、長太の人となりを訊こうと、竜之助は文治を残したまま、お寅のいる三河町（みかわちょう）の巾着長屋に向かった。

ところが、長屋に着くと、お寅の家の前が騒ぎになっている。

わけはすぐにわかった。お寅のところにいる子どものうち、いちばん小さいおくみが、屋根の上で怖そうにしゃがみ込んでいる。

「どうしたんだい、お寅さん？」

「わからないんです。気づいたら、おくみがあんなところに乗っているじゃありませんか。自分で上がれっこないので、天狗のしわざなのか」

「おい、おくみ、どうした？」

と、下からやさしく訊いた。

「怖いよお」

おくみはそればかりで、膝を抱いて震えている。

「伝って上がるところもなさそうだな？」

と、お寅に言った。

「ええ。この長屋には、はしごだってありませんしね」

「おくみ。おいらがしっかり受け止めてあげるから、ぽんと飛び降りてみな」

「怖いよお」

おくみは目をつむったまま、動くことができない。

そのとき、竜之助は通りの向こうに、この小さな謎の答えを見つけた。

「あ、いま、はしご売りが歩いていた」

「え」

「お寅さん。呼んで来てくれ」

お寅は走って行って、そのはしご売りをつかまえて来た。

「あんた、さっき、ここを通っただろう」

と、竜之助は訊いた。

「ええ」

六十くらいの小柄な男はうなずいた。

「いったん、ここに立てかけたりはしなかったかい？」

「ああ、奥のほうに声をかけるのに、ここに置きましたね」

これが答えだった。はしご売りはまさか、こんな小さな子が屋根に上がったとは思いもよらず、そのまま立ち去ってしまったというわけである。

わかってみれば、何だそんなことかと思えるのだ。ごぼうの謎も、こんなふうにかんたんに解けるといいのだが……。

はしごでおくみを下ろしてから、

「お寅さん。長太という男は、どんな男だったんだい？」

と、急いで肝心なことを訊いた。

「長太は、ふざけてばかりいる男でしたよ」

「ふざけるって？」

「ほら、よく落ち着きのない子どもがいるでしょ。うちにも一人、そんなのがいますが」

「松吉のことかい？」

ちらっと見ると、松吉ははしご売りを追いかけて行くところだった。商売に興味を持ったのか、しきりに話しかけている。

「あんな感じですよ。ちょろちょろして、いろんなところに首を突っ込んでは、すぐに飽きちまって。悪気はないんですがね」

「あっちのほうもしてたのかい？」

竜之助は、さりげなく訊いた。

「福川の旦那、はっきり言ってくれていいんですよ。スリじゃありません。知り合ったきっかけは聞いてませんが、晩年の銀二親分にかわいがられて、この長屋にも出入りしてたんです」

「じゃあ、何をして食ってきたんだい？」

「本当になりたかったのは戯作者みたいでしたよ。でも、そうそうはなれないし、誰かに弟子入りして、小間使いみたいなことをするほど根性はない。だから、芸人の真似ごとみたいなことをして食い扶持（ぶち）を稼いでいたんです」

お寅はひさしぶりに町でめぐり会っただけで、近ごろの暮らしぶりについてはほとんど知らなかった。ただ、いまの見世物が大当たりしていたので、金回りはよくなっていたとのことだった。

五

見世物小屋にもどると、いまの長太といっしょに暮らし、ここの見世物にも出ていた女が、どうにか話せるようになっていた。名前はおたねといって、三十をすこし超えたくらいの歳に見えた。

だが、矢崎三五郎の姿はない。

「矢崎さんは？」

と、文治に訊くと、

「お帰りになりました」

「帰った？」

「とりあえず、しばらくは福川の旦那にまかせると」

「まかせる？」

「どうにもわからなくなったら、助けてやると。たぶん、ごぼうの謎のことを思ったら、早々と福川さまにまかせてしまいたくなったんですよ」

文治は、すこし毒のあるような調子で言った。

仕方がない。訊問から始めるしかない。

「長太ってのは、他人の恨みを買ったりしてたのかい？」

と、竜之助はおたねに訊いた。金も奪われていたが、あの殺しっぷりには、どうしても恨みが感じられる。

「他人の恨み？　それはなかったと思いますよ。馬鹿にされたり、呆れられたりするのはしょっちゅうでしょうが、恨みを買うということはなかったんじゃないですかね」

おたねは、寝起きのときのような調子で言った。

江戸にはそんな男が少なくない。典型といってもいいくらいである。どうでもいい男。いてもいなくてもいい男。馬鹿にする向きもあるが、竜之助はそういう男が江戸を楽しくしているような気がする。

「じゃあ、何か脅されていたようなことは？」

「あ、そういえば、ふた月ほど前、小屋に怖そうな男が来て、長さんに、『おせいはどうしたんだ？』と、訊いてました」

「おせい？」

「前の女でしょ」

焼きもちを焼いたふうにも見えない。

「長太はなんて答えた？」

「見捨てられた。愛想をつかされたんだって」

「ふうん」

「死んだ人を悪く言いたくないけど、愛想つかされるのは当然ですよね。あたしもそろそろ見捨てたくなってましたから」

「どんなところが駄目だったんだ？」

「いい加減でしょ。泣き虫でしょ。頼りにならないでしょ。おっちょこちょいでしょ。情けないでしょ。とにかく、人間の駄目なところを全部集めたら、あいつになるんじゃないでしょうか」

お寅がよく知っていたころの長太と、似たようなものなのだろう。お寅の視線のほうがやさしいから、ここまでひどい表現にはならなかったのだ。

「でも、あんたと長太の見世物は評判だったんだろ」

と、竜之助は訊いた。

「ああ、あれね。あの刀の芸はひやひやものでしたからね。なんせ、おっちょこちょいだから、どんな失敗があるかわからないんです。毎回、変なところを刺すんじゃないかとか、ふつうの刀を使ったりしないかとか。もう、ドキドキです。それがお客さんに伝わるみたいで、だから、皆にハラハラドキドキするって言われるんです」

「ふつうの刀?」

よくわからないことを言った。

「二重の輪になったような鉄の腹巻を巻いているんです。そこに、よく曲がる鋼の刀を突き入れるようにすると、刀は胴に沿ってぐるりと回って、後ろに突き出るんです。お客は本当に刺されたとびっくりするんです」

「そういうわけか」

「でも、ちょっと間違うと大怪我するんです。だから、見世物としてあげる悲鳴は、半分、本気の悲鳴なんですよ」

お腹を撫でるようにしながらそう言った。

「長太は凶暴だったかい?」

「ああ、それはなかったですね。駄目なところばっかりだが、女を殴ったりというのはなかったです。だいたい、ちびで非力だったから」

「さっき、泣き虫だったと言ってたね？」

「夜中に泣くんですよ。ぽろぽろ涙をこぼして」

　そう言って、おたねはちょっと厳粛な表情になった。

「なんで？」

「理由は言いませんでした」

「あんたが別れようと思っていたのを長太は勘づいていたのかな？」

「いいえ、なかったと思いますよ。でも、もし、あたしが別れるとか言い出しても、長太はとくに何とも思わなかったんじゃないかしら？」

「ほう」

「あたしのことなんか上の空みたいでしたよ」

　すこし悔しそうに言った。別れたいと言いながら、自分のことが上の空みたいにされると嫌なのか。それとも、上の空みたいに思われたから、別れたくなったのか。女ごころの難しいあたりである。

「ところで、長太はごぼうが好きだったりしたかい？」

「いいえ、とくに聞いたことはなかったですね」

「あの天女のぞうりのところに、ごぼうが置かれてあったのを見て、長太はひどく怯えたみたいだった。それについて、心当たりみたいなことはないかな？」

しばらく考えていたが、

「さあ」

と、首をひねった。それから、おたねは軽くのびをするようにして、

「でも、これでさっぱりあの人とお別れできるのかも。なんだか捨てたりってのはしにくい人だったから」

晴々した口調で言った。

六

三日ほど、長太のことをいろいろと探ったが、過去が意外にわからない。わずか数年前のことすら知っている者が少ない。

とくに隠していたわけではなさそうだが、あまり人には話さないし、他人のほうも長太の過去などに興味を持たないらしい。

どうでもいいやつ。いつも、そんなふうに受け取られてきたみたいである。

「弱ったたな。過去はわからねえし、ほとんど唯一の手がかりであるごぼうの謎も

解き明かせない」

　さすがの竜之助も腕組みばかりしている。

「天女とごぼうって、なんか笑い話みたいですね。ほら噺家の秋風亭忘朝さんに訊いたほうがいいんじゃねえですか？」

　文治が妙なことを言った。

「それもいいかもしれねえ」

　藁をもつかむといった感じである。

　長太は戯作者志望だった。そういう男の発想は、噺家のほうがわかるかもしれない。

　人形町の寄席に出ていた忘朝を訪ねた。あいかわらずの忘朝人気で、寄席は満員になっていた。

「これは、福川の旦那」

　と、歓迎の笑みを浮かべてくれる。

「妙な事件が起きてさ。知恵を借りてえと思ったんだ」

「あっしの知恵なんかでよければなんなりと」

　竜之助はざっと概略を語った。

「天女とごぼうですか？」

「何の関係があるのか、すっかり行き詰っちまった」

「もしかしたら謎かけですかね？」

「謎かけ？」

「寄席でよくやる遊びですよ。何とかとかけて、何と解くっていうんです。例えば、そうですね……深川とかけて、マムシの初対面のあいさつと解く。その心は、奥に牙（木場）を隠してますってね」

「なるほど」

木場は深川のずっと奥にある。

「だから、天女とかけて、ごぼうと解いたのかもしれねえと思ったのです」

「その心は？」

「………」

眉を寄せて考えこむが、何も出てこない。

「ううん」

と唸ったが、それでも出てこない。

この忘朝という人は、客から適当な題を三つもらい、即興で面白い話をつくってしまう。たぶん、この二つで話をつくれと言われればつくってしまうのだろうが、それとは勝手が違うらしい。

「難しいかい？」

と、竜之助は訊いた。

「寄席でやるときってえのは、考える順番が違うんです」

忘朝がいつもと違う冴えない顔で言った。

「どういうことだい？」

「まず、天女とかけて何と解くと訊かれるわけです」

「うん」

「すると、天女の特徴を考えるわけです。羽衣をまとって舞をするとか、空を飛ぶとか。すると、これに共通するものを引っ張り出して、解とするのですが、題と解とがまったく違ったものに感じるほど、いい答えになるわけです」

「天女とごぼう。まったく違うよな」

「はい。共通するものがあって並べたものなら、なんとか答えは見つかるかもしれません。それとは別の理由があって並べたとしたら、これは難しいですよ」

「なるほど」

「だが、ほかならぬ福川さまの頼みだ。なんとしても答えを。ううん」

と、唸り出した。

「違うんだよ、やっぱり」

「たとえ息の根が絶えても。ううん」

「これは謎かけとは関係ねえんだ。おいら、諦めたよ」

と、暴走しそうな馬をなだめるように、竜之助は慌てて止めた。

七

さらに二日ほどして――。

奉行所に出る準備をしているところに、お寅が重要な手がかりを持って来てくれた。

「いよう、どうしたい？　こんなに朝早くから」

「うちの長屋にいる善助(ぜんすけ)ってえのが、昔、長太と酒を飲んだとき、富沢町(とみざわちょう)の金太郎(きんたろう)長屋というところに送っていったことがあったんだそうです。面白い長屋の名前だったので覚えていたそうです。たぶん、そのあとも何度か引っ越しはしたのでしょうが、もしかしたら長太のことを知ってる人もいるかと思いまして」

「そいつはありがてえ。さっそく行ってみるよ」

「じゃあ、福川さま」

それだけ伝えて帰ろうとする。

「お寅さんにはすっかり世話になりっぱなしだ。今度、お礼をしなくちゃなあ」

「何おっしゃるんです。お礼なんか、なんにも要りませんよ。あたしも、うちの子どもたちも、福川さまが一生懸命働いてくれていたら嬉しいんですから」

そのまま、文治を連れて金太郎長屋に向かった。

そう汚くもないし、古くもないが、路地に四、五羽のニワトリが放し飼いにされているのはめずらしかった。

訊けば、誰が飼ったというわけでもないが、自然に増えたのだという。よく猫にやられずにいると不思議だった。

大家に訊くと、二年前、たしかに長太が住んでいたと答えた。

「半年ほどですかね。すぐに出ていってしまいました」

江戸っ子は火事で焼け出されでもしなければ、やたらと引っ越しはしない。半年くらいで出るのはめずらしいだろう。

「何をやってたんだい？」

と、竜之助は訊いた。

「戯作者だと言ってはいたが、本なんか一冊も出してないでしょう」

「じゃあ、家賃も払えねえだろうに」

「柳橋あたりの芸者の置屋に知り合いがいて、つまらねえ芸を売りこんでいるとは聞きましたが、なんせ口先ばかりの男だったから」

ここでもぼろくそである。

「急いで出ていったのにわけでもあったんだろうか？」

「女と付き合い出したんです。ええと、名前はおせいと言いました」

いまの女とは違う。

おたねもおせいのことは言っていた。

「ちょっと崩れたようなところはあったかい？」

おたねを思い出しながら訊いた。

「それはなかったです。目立たない感じの女でしたよ。あんたに死ぬまでついていきますみたいな」

「へえ」

「うん。けなげで、心根のいい女でしたよ。野郎にはもったいないような」

「天女みたいだったかい？」

「天女ってほどのもんじゃなかったです。器量はどうってことありませんでした。というより、むしろおへちゃでしたよ」

「ほう」

「でも、ああいう女は、長太みてえないいかげんな野郎は重荷になるんじゃないでしょうか。あっしは長い付き合いにはならないと見てましたが」

と、大家は言った。

そのへんの男ごころ女ごころも研究したいが、どうも事件を追いかけるのに忙しい。

「女ごころに手がかりありじゃないですか？」

大家はにわか同心みたいな顔で言った。

「女ごころねえ」

もちろん興味は津々である。だが、耳学問によると、相当に複雑怪奇なものらしい。得意ではない世界に突入してしまったのか。

八

柳橋の芸者の置屋をいくつか回ると、長太に仕事を頼んでいたというところが見つかった。

玄関に立つと、白粉(おしろい)の匂いがもうすこしで目に見えるくらいの濃さで押し寄せてきた。

五人ほどの芸者を抱え、ずいぶん忙しくしているらしい。

「長太？」

五十ほどのよく肥った芸者が言った。

「ああ、一年前まで、ここで幇間(ほうかん)が忙しいときの替わりをさせていました。でも、いまは見世物で当てて、両国橋の西詰にいるらしいですよ」

「うん。ところが殺されちまったのさ」

「まあ」

と言って、すばやく親指を隠した。何かのおまじないらしい。

「ここではどんなことをしてたんだい？」

「天女のお酌という芸をやっていたんです。酔っ払い相手の宴会芸ですがね」

「天女の……」

　ついにこの言葉が出てきた。

　天女とごぼうはやっぱり出鱈目（でたらめ）に並べたものではなかったのだ。

「どんな芸だったんだい？」

「たしか、天女が飛んでくるんです」

「飛んでくる？」

「ええ。吊り下げてるんです。ほんとに飛んでるのではないことは、一目でわかりますよ。でも、それが滑稽なんですよ。手足なんかばたばたさせて」

「なるほど」

　思い浮かべると、たしかに滑稽である。

「薄い着物をはおっていて、それが透けて、女体のかたちもうっすらと見えたりする。そのときは顔がはっきり見えないので、けっこう色っぽいんです。もう、男たちはやんやの喝采ですよ。『早く脱げ』とかやじると、『天女にそういうことを言うとバチが当たるぞ』なんて怒られたりしてね。あれはなかなか面白い芸でしたよ」

「それだけ？」

「まあね。それから、地上に到着すると、座敷でお酌をしてくれます。ところが、じっさいに前に座るとかなりのおへちゃです。また、わざとそういう化粧をしてるんです。どうせ、芸者だのはきれいどころがそろっていますでしょ。別に美人なんかめずらしくないんです」

そう言った芸者も、たしかに若いときはきれいだったろうと思わせる。

「それよりは、空飛ぶおへちゃのほうが面白いわけです」

「悪ふざけみたいなもんか？」

「ええ。旦那衆の洒落(しゃれ)ですよ。本気でもてよう、いい思いをしようなんてのは怒ります」

だが、お座敷芸としては新しい趣向で面白かったのだろう。

「天女の役は誰がやったんだ？」

「長太の女でした。たしか、おせいとか」

「おせいか」

——会ってみたい……。

と、竜之助は思った。

長太とおせい。

皆から軽んじられる男と、歳を取った芸者からおへちゃと呼ばれる女。

竜之助は、滑稽さよりも、必死で生きているけなげさみたいなものを感じてしまう。

九

置屋を出るとすぐに、

「長太って野郎は、よくいるくだらねえ野郎ですよ。必死で生きていこうって気概がねえんだな」

と、文治は言った。

「そうかなあ」

「そうですよ」

文治のような生真面目な男が、いちばん嫌いな人間なのだろう。

「必死で生きてるんだけど、上手にやれないから、必死に見えねえんじゃないのかな」

そういうやつは、たとえば剣術の道場にもいた。竜之助は、新陰流の極意は柳生清四郎に直接習ったが、ほかにも町の道場に習いに行ったりしていた。そこで、そんな仲間を何人も見た。

「もっと必死でやれ」などと言われると、悲しそうな表情を見せていたものだった。この世には、器用な人と、不器用な人がいる。

「へえ。しかし、旦那ってつくづく不思議な人ですよね」

「何がだい」

「あっしなんざ、旦那はどこかおっとりしていて、悠揚迫らぬといった感じがする。本当は同心の家よりもずっと上の家柄の人なんじゃないかと」

「ずっと上？」

「ええ。与力とか、お目付けとか。いますでしょ、お武家でも上さまの顔を拝めるのと、拝めないのとが。その拝めるほうですよ」

「………」

望んでなったわけではないが、もう一つ拝まれるほうというのもある。

「そのくせ、なんて言うのかなあ、負けたやつとか、しくじったやつ、うまく生きてこれなかったやつに、やけにやさしいじゃねえですか」

「そりゃあ、おいらも、負けてばかりいるからだよ」

「えっ」

文治は意外そうな顔で竜之助を見た。

たしかに、剣のことだけ言えば、負けた記憶はあまりない。

だが、勝ったという手ごたえもあまり感じてこなかった。むしろ、後味の悪さを感じることが多かった。

——なぜだろう？

これは、皆がひそかに思っていることなのか、それとも竜之助だけが感じていることなのかはよくわからないのだが。

皆、この地上で、必死になって戦って生きている。地上にはつらいことはいっぱいあるし、食いものだってそうそう潤沢(じゅんたく)にあるわけではないから、勝ち負けが見えてくる。

嫌な言い方だが、勝った組、負けた組……。

でも、地上の線とは別に、もう一つ、縦の線があるんじゃないだろうか。

高く、遠い、縦の線。そこから見ると勝った負けたというのが、違ったものに見えてしまう。負けてばかりのように思えてしまう……。

竜之助は、そんな気持ちを説明しようとして、口ごもってしまった。

「旦那、その負けてばかりという謙遜は洒落にならねえ。まあ、いまでこそお怪我をされてちっと調子は出ねえかもしれねえが、あっしは八丁堀でさえ、旦那より強い人は見たことありませんよ」

「文治。お世辞はそれくらいにしておきなよ」

「ほんと不思議な人だ。でも、それが旦那のいいところなんだねえ」

と、竜之助の顔を見ながらそう言った。

十

福川竜之助は、もう一度、巾着長屋に行き、長太と酒を飲んだことがあるという男に話を訊くことにした。この男が教えてくれた金太郎長屋は訪ねたが、こっちの話はまだ聞いていなかった。

竜之助は、柳生全九郎に手を斬られたとき、しばらくお寅の家に世話になっていた。だが、同じ巾着長屋でも、奥のほうにはほとんど来たことがなかった。こっちは、いつもやけにひっそりとして、何やら障子の向こうで息をひそめた感じが漂う一画だった。

「善助、いるかい？　開けとくれよ」

お寅が声をかけてくれた。下手に声をかけても、裏からいなくなってしまうらしい。

「なんですかい、姐さん」

三十くらいの青白い顔をした男が姿を見せた。

竜之助の同心姿を見て、

「げっ、町方の旦那」

慌てて中に逃げ込もうとする。

その襟首をすばやく摑んで、

「違うんだ、善助。安心しなよ、おめえの話を訊こうってんじゃねえ。長太の話が訊きてえのさ」

「あ、長太のことをね」

ほっとしたらしく、上がり口のところにぺたっと腰を下ろした。

昨夜は遅くまで酒を飲んでいたらしく、頭を抱えながら戸口のところに出て来た。部屋には大きなとっくりが二つ転がっているのも見えた。

「ちゃんと、正直にしゃべるんだよ」

お寅はそう言って、井戸のほうに引き返して行く。洗濯の途中だった。

「長太って男は、百姓の生まれだったのかね？」

と、竜之助は戸口にもたれたまま訊いた。

「そんなことはありません。野郎は生粋の江戸っ子です。神田の生まれです。あっしは下総の百姓のこ倅ですから、つくづく感じました。ああ、こういうやつが江戸っ子なんだなと思いました」

ちょっと訛りのある口調でそう言った。

「どんなふうなんだい？」

「どうでもいいことを、ぺらぺらとよくしゃべるんです。ふざけてるつもりでもないんだろうが、ふざけて生きてるみたいに見えるんです。働こうと思えば、すぐに仕事は見つかるという気持ちがあるからなのか、日々、あくせくしたりはしません。あっしなんざ、スリの仕事だって一日中、足を棒にして歩き回る。必死ですよ。そこへ行くと、長太はスリではなかったですが、そんな野暮ったいことはしない。要領よくちゃちゃちゃっと働いて、それでいて丸一日働いたおいらと同じくらいの稼ぎはあるんです」

「なるほどな。あいつはあいつで、必死だったところもあるんだがな」

「そうですかね。あっしは、江戸っ子てえのは、百姓とはまったく違う生きものなんだと思いましたよ」

「悔しいかい？」

「悔しい気持ちもありますが、どうしようもねえでしょう……え？　もしかして、あっしを疑ってるんで？」

と、怯えた顔になった。

「あっはっは、それはまったくないから安心しな」

「よかった……」

「長太は、しばらく江戸を離れたなんてことはなかったかい？」

と、竜之助はさらに訊いた。

「ないはずです。せいぜい、本所のはずれだの、根岸の先あたりで、つねづね江戸から出たことはないってえのを自慢してましたよ」

「もしかしたら、植木をいじくるのが趣味だったり？」

と、竜之助はこの家の裏庭を見ながら訊いた。狭い庭には植木鉢が二、三十ほどずらっと並んでいて、どれも見事な出来栄えである。おもとは緑が美しく、梅は白い花をいっぱいつけている。

「野郎が植木を？　いやあ、聞いたことはなかったです」

では、あの土は何なのだろう？

天女とのつながりは、何となく見えてきた。だが、ごぼうや口に押し込められた土となると、さっぱり見当もつかなかった。

十一

文治がじつに面白い話を持ってきた。

柳橋あたりで売れっ子になっている幇間が、長太から直接、聞いたという話をつかんできたのだ。

「長太があるとき、坊主の集まる席に呼ばれたんだそうです」

「坊主が酒席をねえ……」

と、竜之助はうなずいたが、

「おい、文治。坊主かもしれねえ」

急に顔を輝かせた。

「え？」

「坊さんのことを丁寧に言うときは何て言う？」

「御坊。あ」

「じゃあ、土は何なんだろう？」

しばらく考えたがわからない。

とりあえず、話の先を進めさせた。

「坊主の遊びはちっとひねてますからね。天女の芸は飽きたと。天女をやるにせよ、もうちっと変わったことをしろと前もって坊主から言われたそうです」

「ほう」

「それで、野郎は考えたんだそうです。それが、御坊が天女になるという芸なんです」

「どういうんだい？」

「土からごぼうが出ています。これが女の足なんです。土だらけの黒くて細い足です。ごぼうよ、天女になれ。坊主たちは、どっと笑います。するとますます持ち上がって、天女が現れ、舞い踊るのです。もちろん、この天女はおせいでしょう」

「そんなことできるのかね？」

「できるって言ってたそうです。土の中と言ったって、墓穴掘って入るわけじゃねえ。軽く土でもかけておくだけだからと」

「土をかけてな」

竜之助は心配そうにうなずいた。なんだか嫌な感じで話がつながってきた。

「で、やったんだな、その芸は？」

「ところが、やらなかったそうです。当日になったら、長太は姿を見せず、坊主たちもなんせ酒席の話ですからあまり騒ぎだてはできないので、そのままうやむやになったそうです」

「これでいちおうは天女とごぼうがつながったな」

と、竜之助は言った。

「ええ。どうにか……」

文治はぼんやりした顔でうなずいた。

十二

本所のはずれにあるおせいの家は、町方の小者たちまで動かして、ようやく見つけ出した。手がかりになったのは、おせいという名前と、いっしょにやたらと軽薄な男がくっついているということだけである。

おせいというより、軽薄な男というので引っかかってきた。やはりいっしょに暮らしていたらしい。

ほとんど小梅村に近いあたりである。

竜之助と文治は、船でやって来た。

「ここですね」

「なるほどなあ」

庄屋によると、ほんとは豊かな農家だったが、おせいの兄貴の万吉が農作業を嫌って放っておいたという。たしかに土地は荒れている。

「何をつくってたんでしょうかね？」

「ううむ」

竜之助はそちらのほうはまったく知らない。ごぼうさえわからなかったくらいである。

「ちっと、あの婆さんに訊いてみますか」

文治はそう言って、隣りの畑にいる老女に近づいて行った。

話しかける声が聞こえてくる。

「こっちの畑は何つくってたんだろうな？」

「何にもつくっちゃいねえよ。後継ぎの万吉は百姓を嫌がって、町で遊んでばっかだもの」

「ずっとかい？」

「三年くれえ前まではぼちぼちつくってたがな」

「何つくってたい？」

「おらんとことたいして変わりはねえよ。小松菜、なす、きゅうり、それに大根もやってたか。そんなとこだよ」

「ごぼうはどうだい？」

「ごぼうはやってねえ。ここらは、あんまり土が合わねえのさ」

それを聞き終えると、もどって来た。

「違ったな」

と、竜之助は言った。話はよく聞こえていた。

「ええ」

「ごぼうは、単純に御坊の意味だったのかね」

竜之助は腕組みして考えた。何か足りない気がする。

「家の中に入ってみよう」

錠前もない。

入っても盗るものすらないということである。

荒れ果てた家だが、家の中で、帳面が見つかった。安い紙束を糸で綴じただけのもので、他人が見ても紙屑としか見なさないだろう。「長太あれこれ帳」という題名が書かれている。

本当なら持ち歩くべきものなのではないか。

こんなものを忘れているというのは、慌てて出て行ったのかもしれない。

いろいろ思いついたことを書いてある。小さな文字でびっしり埋まっている。

戯作の構想が大半らしい。

「へえ」

と、文治は感心した。

「やっぱり一生懸命なところはあったんだよ。ただ、ふざけてばかりいたわけじゃねえ」

と、竜之助は言った。

もしかしたら、つらいからふざけていたのかもしれない。

「夜、ぽろぽろ泣いてたって言いましたしね」

「そうだよ」

同じ涙ではないかもしれないが、竜之助は剣の修行でこぼした涙を思い出しっている。

つらくて泣いて、それを繰り返すうち、ある日、気がつくと一段だけ階段を上った。

長太も泣いているうちに報われることはあったのだろうか。

「おい、文治。ここを見てみな」

と、帳面の後ろのあたりを指差した。

「畑に女が埋まっている。足がごぼうみたいに出ている」

「え?」

「御坊たちも天女になれる。いまからそれをお目にかける……だって」

絵も描いてある。

「これが天女とごぼうの芸なんですね」

「ああ。もしかしたら、ここで稽古をしたんじゃねえか」

庭先のけやきには縄を吊ったような跡もある。

地面には掘った跡。こっちはそう古くはない。

「文治……」

「ええ」

二人とも嫌な予感がしている。

掘ってみる。手のところが出た。白骨化している。こちらは一年以上は経過しているだろう。

「全部、掘りますか？」

「いや、もういい」

「おせいですか？」

「それは間違いねえだろう」

「長太が、殺して埋めたのですかね？」

「それはわからない。殺したんじゃねえ気がする。おかしな芸をやっているうち、間違って死なせたような気もするぜ。わかるのは、最近になって誰かがここを掘り、埋めてあるものに気づいてすぐに埋めもどしたってことだけ」

「それをしたのが、おせいの兄貴ですね？」

「だろうな」

おたねが見たのは、怖そうな男だったという。

長太は怖くて、とてもおせいが亡くなったことを告げられなかった。

そうこうするうち、遺体が見つかってしまった。

「でも、おせいの兄貴の万吉もこんなふうに謎を解いたんでしょうか？　福川の旦那のような頭脳を持っているやつが、そうたくさんいるなんて信じられません」

「それは万吉に訊いてみようぜ」

と、竜之助は言った。

十三

江戸の賭場については、大滝治三郎がくわしい。そこに出入りする連中を何人も知っていて、いろいろと訊き出すことができる。

竜之助は、大滝に頼んだ。

急に景気がよくなって、賭場に出入りするようになった男を探してもらったのだ。人相が悪い。これも、特徴になりうるのだ。

三日ほどして――。

両国橋東詰の飲み屋の二階で、万吉というのがこの数日、派手なバクチをやっているというではないか。

「野郎だ」

飲み屋の前で、万吉を見つけた。

「くそぉ」

いきなりドスを引き抜くと、竜之助に斬りかかってきた。修羅場は馴れているようすである。

だが、一歩、左足を引き、わずかに腰を下ろした竜之助の右手が動いた。左手は、刀の鞘に当てられているだけである。

「たぁっ」

剣が走った。

万吉のドスは叩き折られ、

「いててて」

しびれた手を摑んだまま、そこに膝をついた。

「おせいのことに気づいたのはいつだ？」

竜之助もしゃがみこんで訊いた。

「この前、ひさしぶりに長太の野郎を見たんで、おせいはどうしたと訊いたんだよ。そしたら、愛想つかされて出て行ってしまったというじゃねえか。誰だってあんな野郎には愛想をつかすわな。そんなもんだと思っていたが、どうにも気になって、家にもどった。前に、庭の隅の土が、おかしなふうにふくらんでいたのを思い出し、もしかしてと庭の木の下を掘ってみたのさ。着物が出てきた。おせいの着物だとわかったので、全部は掘らず、そのまま埋めもどしたよ」

「おめえ、おせいがごぼうにまつわる芸を見せるってことを、よく推測できたもんだな？」

と、文治が訊いた。

「推測？　そんなこたぁしねえ」

「じゃあ、どうやってわかったんだ」

「おせいから聞いたんだよ。今度、御坊から天女になる芸をやるんだって。おめえにぴったりの芸だって、おいらも言ったんだ」

「ぴったり？」

「おせいのことをおれは子どものときからずっと、ごぼうと呼んでいたのさ。色が黒くて土臭くて細いからな。それをほんとのごぼうみてえに、土に埋めやがって。死んでいたごぼうを見つけたとき、すぐに下手人はあの野郎だと思った。それで、ごぼうの兄貴という意味で、ごぼうを置いたのさ」

天女とごぼうはそう複雑な話ではなかったらしい。

「長太を問いつめたのか？」

と、竜之助に訊いた。

「もちろんだよ。ところが、野郎は殺したんじゃねえ。事故だったんだと言い張った。土の中に隠れたら、はずみで土を飲み、喉につっかかったんだと。ミミズじゃあるめえし、誰が土の中に隠れて土なんか食うもんか」

「やっぱりな」

万吉の言うことが、事故だったと証明していた。

長太は事故で死んだと告げればよかったのに、この男が怖かったのだ。

「じゃあ、旦那、あっしたちはごぼうの芸なんて見当違いを追いかけて、ずいぶん遠回りして下手人にたどりついたってわけですか？」

「いや、そうとも言えないだろう。だいたいが、万吉がおせいをごぼうと呼んでいたから、御坊とごぼうの結びつきも生まれたんだ」

「つまり、おせいの霊が下手人まで導いてくれたんですね」

「あ、それはどうかな」

おせいの霊のしわざだとしたら、殺されたんじゃなく、事故だったのだと教えるためだったのではないか。

おせいはやはり、長太にとっては、天女だったような気がした。

十四

男の名は――。

徳川宗秋という。

先代尾張藩主、徳川茂徳の従兄弟に当たった。

その徳川宗秋は、築地にある尾張藩邸の庭に立ち、刀を構えていた。

庭の一部が、海に向かって開放されている。ここから小舟の出入りもできる。

足元にはひたひたと波が押し寄せていた。小さな波である。江戸湾の奥にようやくたどりつき、くたくたに疲れ果てた波である。波は怒濤でなければ、やはり物足りない。

「えいっ、やっ」

刀が空を切る。

動きはとどまることがなく、さまざまな構えが流れるようにつづいていく。

「とうっ、たっ」

くるりと回転し、横殴りの剣から、上段へ行って、正面まで振り下ろしたときぴたりと止まった。これで、流れは完遂したのである。

それから徳川宗秋は、そのままの姿で無想した。

刃の先に月の光が宿っている。それは微動だにしない。

宗秋は、剣の切っ先に神を見たことがある。

まっすぐな光。どんな山中の水よりも澄んだ透明な光。

これが神につながるものでなくして、ほかに神につながる道があるはずがない。そう思った。

その神が命じた道を歩いている。

およそ三月ほど前、ちょうどこの場で、倅全九郎を斬った。

哀れだった。なんとも哀れで、胸が痛んだ。だが、それで心を乱されることはない。

宗秋は、自分の心が壊れてしまっていることは自覚している。壊れていなければ、神の命令になど従えるものではない。それほどに、神は過酷な命令を下す。

いつ、自分の心が壊れたかもわかっている。

父を雷鳴の剣で斬ったとき。あれで大きく壊れた。だが、神には近づいた。

風鳴の剣には、師弟対決という宿命がある。それはそれで過酷な宿命だろう。

だが、雷鳴の剣の宿命に比べたら甘い。

雷鳴の剣の継承には、他人は挟まれない。代々の藩主が得る新陰流の極意に、雷鳴の剣はない。

雷鳴の剣は一子相伝。したがって、伝わったとき、父子が対決することになる。

これに則った対決のうえで、宗秋は父宗継と戦って斬って捨てた。

わが子、全九郎はすこし違った道を歩んだ。

雷鳴の剣を学ぶ以前に、風鳴の剣を打ち破る道を歩ませたのだ。それが、最強の秘剣にたどり着くための道であろうと。

だが、全九郎はそこを突破することはできなかった。

弔いの数珠を腕につけた。

それで、全九郎のことは終わったのだ。

――どうせ、逢うのである。

そう。ふたたび、相見える日は来るのである。神の御許で。

何も悲しむことはない。

――どうせ、死ぬのである。人は。

何も悔やむことはない。何も怯えることはない。

このところ、現藩主の義宜の周辺からしきりに催促の声が聞こえてくる。将軍家の剣と決着をつけよと。

義宜は藩主といえど、まだ七歳に過ぎない。その思惑は隠居の慶勝のものであることは明らかである。

尾張は、同じ徳川家、御三家に属しながら、将軍家への反逆の志を秘めてきた。それは、初代からあるものなのか。あるいは、宗春さまが八代将軍吉宗と対立してからのものなのか。それは知らない。おそらく、当初からあったもののような気はする。

だが、尾張はずっと、将軍家に首ねっこを押さえつけられてきた。

宗春さまが失脚してからは、ますます露骨になり、一時は将軍家や御三卿から養子をいただいて、藩主としていた時代もあった。

いまでこそ、尾張の血を取り戻してはいるが、この先はわからない。

隠居の慶勝は、いまの動乱の機運に乗じて、いっきに将軍家に反旗を翻そうという魂胆なのだ。

ただ、問題がある。

風鳴の剣を継承した徳川竜之助が、なにゆえにか町方の同心の地位についているのだという。

すなわち、徳川竜之助を打ち破ったとしても、町方の同心を切り捨てたことに過ぎなくなってしまう。

徳川竜之助は、それにふさわしい地位にあってもらいたい。

宗秋がそれを依頼すると、前藩主の茂徳も請け合ってくれた。さまざまな工作をおこなって、徳川竜之助を幕閣の一人に並べると。

それでこそ、こちらも戦う甲斐(かい)がある。将軍家に屈辱を与え、宗春さまの遺恨を晴らすことができる。

しかも、宗秋が聞いた神の声とも合致する。

いま、宗秋に下されている神の命令とは何か?

それは、「強き者と戦うこと」であった。

宗秋は、構えていた刀をいったん鞘におさめた。

それから天を振り仰ぎ、神と向かい合った。

高々と天。大いなる神。

まずは小刀を抜いた。それを左手に持ち替えると、大刀を抜いた。

大小二つの剣。雷鳴の剣である。

いったん頭上で交差させると、ゆっくり中段まで下ろした。二刀の青眼の構えに入った。

切っ先に月の光が宿っている。その光を手前に滑らせるように、切っ先を上向きにさせた。

月光は水のように刀の峰を滑り、手元から宗秋の身体に入った。身体が澄んでゆく体感があった。

十五

雲のあいだにわずかな星が見えているだけの夜空を、鳥が数羽、横切っていった。雁のようだったが、定かではない。

柳生清四郎は、もう半刻（一時間）ほど首だけ出して湯に浸かっている。

ここは奥秩父にある秘湯である。地元の者でもほとんど知らない。隠し湯というより、こんなところまで来る者がいないと言ったほうがいい。ましてや、夜更けてからは。

ここに雨露をしのげるだけの小屋をつくり、十日ほど前から泊まりこんでいる。

山の南側に当たるため、雪はずいぶん解けた。それでも若いときの後悔のように、ところどころに薄汚くなって残っている。

熊が冬眠から目覚めるにはすこし早い気もするが、夜中に、大きな獣が歩きまわる音が聞こえたりもする。

柳生清四郎は、何ゆえに、こんなところにいるのか。

もちろん、身体を回復させるためである。ふたたび風鳴の剣が遣えるようになるために山道を歩いて来たのである。

だから、のんびり湯に浸かっているのではない。湯の中でも絶えず、痛む箇所を揉んだり、曲げたりしている。

——やはり、あの男が……。

と、清四郎は思った。やよいから中村半次郎の手紙のことを訊いた。尾張に伝わる秘剣。おそらく、あの男がその秘剣の使い手ではないか。

だが、尾張に風鳴の剣に対応する剣があるなら、江戸の二人ともそれを捨ててしまうというのはひどくまずいことになる。

若の決意は固い。

となれば、せめて自分は風鳴の剣を捨ててはいけない。

ばらばらになったまま、くっついてしまった骨。とくに、右肩、右肘、左胸、左足の膝あたりに強い痛みがあった。指で撫でると、変形しているのもわかるくらいだった。

そのでっぱりをこそげ落としながら、滑らかな動きを再現しなければならない。超人並みの剣の速さがあってこそ、風の力を得た剣が最速最強の剣になる。

元の剣の速さが遅くなっていれば、上乗せしても最速には遠く、しかも剣に引っ張られて、腕が砕けることもある。

——まずは振りつづけること。突き出た骨をなだらかにすること。

それはそのまま凄まじい痛みに堪えることである。

骨がきしむ。がりっという音は骨が削られるようになるからだろう。

身体の中に岩があり、それにこすりつけられているように思える。あるいは、身体の中に半分ほど曲がって打ってしまった釘があり、それをまっすぐになるよう叩きつけている感じもする。

痛みは全身の力も、思考力も奪う。次の気力がわくまで、じっと横たわっているしかなくなる。

それでも、痛みは甘受する。風鳴の剣さえ使えるなら。

ほかにもあらゆることをする。

灸をし、鍼を打つ。手が届くところなら、それくらいのことは自分でもできた。一日の終わりにはゆっくりと湯に浸かる。それでも痛みはやわらぐことがない。

一昨日――。

やよいが竜之助の伝言を持ってやって来た。風鳴の剣の復活を試みるのはやめたほうがいいという忠告である。骨がこすれ合う痛みは、手首が落ちたときよりもはるかにひどい痛みであることは、想像に難くない。身体を粉々に砕くようなふるまいだと。風鳴の剣を封印したのを解こうと願っているのだろうが、どうあっても竜之助の翻意はないと。

「若にお伝えしてくれ」

と、清四郎は答えたのだった。これは、竜之助のための戦いではない。自分自身のための戦いなのだ。何としても風鳴の剣は蘇らなければならないのだ。

――自分の人生とは。

風鳴の剣を学び、それを伝えることだけだった。

それ以外のことは極力かかわらず、捨て去った。

だからこそ、風鳴の剣への未練をなかなか断ち切れなかった。

それが無に帰してしまえば、自分の人生そのものも徒労に過ぎないものとなる。

「わかりました」

やよいは、清四郎の気持ちを伝えるため、ふたたび江戸に引き返して行った。

そのあとで清四郎は思った。

――だが、いったい徒労でない人生などあるのだろうか？

清四郎は湯に浸かりながら、夜空を眺めた。

雲が動き、さっきは見えていなかった明るい星が見えていた。

ふと、星空から自分を見られないものかと思った。地上で苦悶する自分を、はるか彼方の高みから。

もしかしたら、それをしているのが、竜之助ではないのか。だとしたら、師弟は逆転する。自分が徳川竜之助に入門することになる。

笑みがこぼれた。嫌な想像ではなかったからである。

第四章　くわばらくわばら

一

雷が鳴っていた。

古い話で人を脅すような、嫌らしい音だった。

ごろごろ……と、くぐもったような音で、遠雷かと思っていると、いきなり、どーん。

と、落ちてくる。

ぴかぴかっと障子が光る。

窓に嵌(は)まった障子ががたがたと鳴る。雨戸は閉め切っておいたはずだが、どこかから突風が吹きこんで、家中、揺さぶられる。

「うへえ。なんまんだぶ、なんまんだぶ……」

久米八は、頭から布団をかぶって震えている。

春の嵐はめずらしくないが、雷というのは余計だろう。バチでも当たったのだろうか。

「くわばら、くわばら」

雷避けのおまじないも何べん唱えたことか。

何時から鳴り始めたのか。目が覚めたら鳴っていた。

昨夜は、雷の気配などまったくなかった気がする。庭に小便をするとき見上げた空は、満天に星が光っていた。

屋根に槍を上向きにおっ立てると、雷が怖がって落ちてこないという方法も聞いたことがある。あいにくと槍がない。包丁では駄目だろうか。

だが、昼間の鳴り始めのころなら試してもいいが、こうも近づいたらもう駄目である。空を見るのも嫌だ。

雷というのは、まっすぐすうっとは落ちてこない。ときどき角でも曲がるような軌跡で落ちてくる。いかにも意地が悪い。

あの落ち方を見ると、どこにいても襲って来られる気がする。

雷は子どものときから大嫌いである。

三十五にもなって、体格も人一倍立派なのに、布団から出られなくなる。歩いているときにピカッときたりすると、腰が抜ける。ふだんはやたらと威勢がいいのだが、こればかりはどうしようもない。

偏屈な性格で、気ままな一人暮らしをつづけているが、こういうときには心細い。

まずいことに、代々の家紋は雷紋である。これを商標がわりにも使っている。「それが怖いとはなんだ」とからかわれるが、むしろそれがいけないのではないか。あんな怖ろしいものを家紋になどするから、祟り(たた)に怯えるようになるのではないか。

前に住んでいた深川猿江町(さるえちょう)の長屋が、目の前に大きな建物ができてしまったため、日当たりや風通しが悪くなった。

表具師(ひょうぐし)という仕事をしていると、これは困る。

そこで、南十間川(みなみじゅっけんがわ)という運河を一つ越えて、大島村(おおしまむら)に移ってきた。距離から言えばほんの二、三町ほど東に寄っただけなのだが、景色は一変した。ここらは畑に囲まれた田舎の景色なのである。

――こりゃあいいや。

と、久米八は喜んだ。どんなに忙しいときでも、ここならのんびりした気持ちで仕事ができる。もうすこし金がたまったら、この土地を買ってもいい。そんなことすら思ったくらいだった。

ところが、雷の音を聞きながら、

――ここはまずいぞ。

と、思った。なぜなら、周囲にほとんど家がなく、雷がここらで狙いを定めるとしたらこの家しか標的はないのである。ミカンの中からスイカを見つけるようなものである。これはまずい。たまらない。いまは、まだ春先だが、これから夏を迎えたら、どれだけ雷の恐怖にさらされることか。

――引っ越さないと駄目かな。

久米八はつくづく泣きたかった。

雷が遠ざかり始めたのはいつごろだったか。思っているほどには長くなかったかもしれない。音が聞こえなくなると、すっかり安心し、恐怖から来た疲労もあって、すぐに深い眠りに落ち込んでしまった。

二

町奉行所の同心や小者たちは、南十間川を二艘の船に分かれて大島村へとやって来た。猪牙舟(ちょきぶね)よりは一回りほど大きな船で、それぞれ五人ずつほど乗り込んでいる。

「そこで泊めろ」

いちばん前にいた定町廻りの同心、大滝治三郎が言った。

最初に岸に飛び移ったのは、福川竜之助だった。岡っ引きの文治がつづいた。

矢崎三五郎は次の船から悠々と降りてきた。

いかにも片田舎(ざ)といったところで、ここで殺しがあったと思うと、同心たちでさえ何もかも興醒めするような気分になる。

一同、十人ほどが、遺体を取り囲んだ。

「ひでえな」

と、大滝が手を合わせながら言った。

遺体は堀の水に上半身を突っ込み、下半身は岸にのっていた。

首筋から胸の真ん中まで、一刀のもとに斬られていた。声を上げることもできなかっただろう。水の流れで血はすっかり洗い流されたらしく、身体全体がやたらと白っぽくなっていた。

周囲には、このあたりの者が四人ほど集まっている。

「最初に見つけたのは？」

と、大滝が訊いた。

「あっしです。野菜を売りに行くため、船を出そうとして、見つけました」

若い百姓がうんざりした顔で言った。

「近くに怪しい者はいなかったか？」

「いえ、見ませんでした」

その百姓が首を横に振ると、その隣りにいた六十くらいの百姓が、

「あっしは、昨夜、そこに船が泊まっていたのを見ました。屋形船です。こんなところでめずらしいなと思いました」

「屋形船がな」

大滝は周囲を見た。川幅は狭くないが、たしかに船遊びをするところではない。大川に川遊びに行く季節でもないし、この川筋から吉原に行く者もいないはずである。

「中に誰かいたか?」

　と、矢崎が訊いた。

「いいえ、見ませんでした」

「死んでるのは、このあたりの者か?」

「違いますね」

　川の向こう側は町家も並び、人の通りもある。だが、こちら側になると、周りに人家はほとんどなく、畑が広がるばかりである。

　竜之助がそう高くもない土手をのぼってあたりを見回すと、年寄りが三十前後の男を連れて来るところだった。年寄りのほうは地元の百姓ふうだが、もう一人は町人ふうである。

「そっちに住む男を連れて来ました」

　年寄りがそう言うと、もう一人が、

「久米八と言います」

　と、頭を下げた。

　指差した先には農家とはちょっと趣(おもむ)きの違う一軒家があった。

「お前の知り合いかどうか、顔を確かめてくれ」

大滝が遺体の隣りで言った。

「へい」

「これだ」

と、筵（むしろ）をめくった。

「あ」

久米八は遺体を見ても、すぐに顔をそむけてしまう。斬り口が気味悪くて、とても直視に堪えないらしい。

「駄目か。ちっと待ってくれ」

と、検死の役人が傷を隠してから、もう一度、見せた。

久米八は顔をそむけるように手ぬぐいで口を押さえ、横目で遺体の顔を見た。

「あれ？」

「知っている男か？」

と、大滝が訊いた。あまり期待したふうでもない。町人などは、こんな死に方をした遺体をちゃんと見ることが難しかったりする。

「見たことはあります」

「どこの誰だ？」

「それが……」

思い出せないらしい。

「客だったか、それともどこかの飲み屋であったのか……」

「どっちでしたかねえ？」

久米八は足踏みをし、じれったそうである。

「仕方ない。しばらく、考えてみてくれ」

大滝は顎で帰るように示した。

「思い出したら、ここか猿江町の番屋に申し出るようにな」

「へい」

久米八は家にもどって行った。

三

めずらしく定町廻りの先輩である大滝と矢崎がそろって出張って来ているので、竜之助としてはとくにやるべきこともない。小者たちが近所を訊き込みに回っているので、竜之助はそこらをぶらっとすることにした。

とくに目立つものはないが、景色は悪くない。大地が単調なので、雲の動きが雄大に見える。

　鳥が鳴きながら飛び交っている。暖かくなって土から湯気が出ている。その土の匂いも悪くない。のどかないいところである。なんでこんなところにむごたらしい遺体が倒れていなければならないのか。

　土手の遠くから遺体があったところを見てみる。指で四角に囲むと、殺しの現場というよりおとぎ話の絵の世界のようである。川から上がったのは、赤ん坊が入った大きな桃ではなかったのか。

　畑の中の一本道。先にあるのが、久米八の家。

　あの場所に船を泊めて、岸に上がったとしたら、やはりあの久米八を訪ねて来たのではないか。

　百姓が一人、大きなかごを背負って歩いて来たので、

「この辺の者かい？」

　と、声をかけた。

「へい、近くの百姓ですが」

「それは？」

　と、かごを指差した。

「あの家の久米八という男に十日分の食糧を届けるんです。買い物には遠いんで、こうやって運んでいます。もちろん、おあしはいただきますがね。ずいぶん安くしてますが」

と、余計なことまで言った。

「久米八というのは、どういう男だ？」

「ああ見えて、表具師としては名人と言われている男です」

自分の親戚を自慢するように言った。

「表具師？」

竜之助にはまだ知らない仕事が山ほどある。

「ほら、掛け軸とか、屏風とかを手がける職人です。久米八は表具師の中でも修復の名人として有名なんです」

「ほう」

「だから、野郎のところには、日本橋あたりの大店からのべついいものが持ち込まれるんです。もっともよほどいいものになると、久米八のほうから修復に行くらしいんですが」

「それは……」

では、そんな貴重なものを持ち込もうとした男を待ち伏せて殺害し、持ち込もうとしたものを奪っていったのではないか。

久米八が見たことがあると言っていたのは、かつての依頼人だったからかもしれない。

直接、訊いてみようとして、ふと足を止めた。さっきの百姓が、一足先に外から久米八を呼んだからである。

四

「おーい、久米八さん」

のんきな歌うような調子で呼んだ。

「おう、忠作（ちゅうさく）さんか」

「米と野菜、それと味噌も持ってきただよ」

と、かごを戸口に下ろした。

「おう。凄かったな、昨夜の雷は」

と、家の中から久米八が言った。

「雷？　雷なんか鳴るもんか」

と、百姓は言った。

竜之助もそれを聞いて、八丁堀でも鳴らなかったと思った。むしろ、静かすぎるくらいの夜だった。

「え？　鳴ったよ。ここらにも落ちたんじゃねえか」

「そりゃあ、夢だな」

「そんな馬鹿な」

「流れの加減で、そこの堀が交差するところがどぉーんどぉーんと音を立てるときがあるんだ。大方、それと間違えたんだよ」

「間違えるか。ぴかぴか、ごろごろいってたんだから」

「だったら、堀のこっちとあっちでは天気が違ってたかな」

百姓は苦笑しながら帰り仕度をし始めた。

そこへ竜之助が割って入って、

「おめえ、表具師なんだってな？」

と、久米八に訊いた。

「はあ」

「ずいぶん貴重なものも持ち込まれるんだって？」

　と、中をのぞき込むようにした。台所の土間以外はすべて畳敷きになっている。確かに、古そうな屏風が何枚か壁に立てかけられていた。

「たまにですよ」

「いまは？」

「いやあ、くだらねえものばかりです」

「何か盗まれてるんじゃないのかい？」

　と、竜之助は中を指差して訊いた。

「いいえ、ありませんよ」

　と、久米八はすぐに答えた。

「じっくり見てくれよ」

「でも、いま預かっているのはこの屏風絵三点だけなんです。あとは、新しい障子や襖(ふすま)で、こんなのはわざわざ盗むものでもありません。つまり、何も盗られていないというわけです」

　と、久米八は言った。

「見せてもらってもいいかい？」

「ああ、どうぞ」

竜之助は中に入った。土間は狭く、畳の間は広い。八畳間二つ分、あいだの敷居に襖は入っていない。

屏風は日差しを避け、奥の間に並んでいた。

全面に竹林を描いたもの。

唐土(もろこし)の山奥みたいなところを描いたもの。

どう見ても猫にしか見えない虎の絵。

たしかに、どれもただ古いだけのものにも思えるが、しかし、竜之助は自分の鑑定眼に自信はない。

「よしあしは区別できるのかい?」

「ずっとやってますからね。よくわからねえものでも、持ち込んで来た人と話したり、持って来るときの態度なんかでぴんと来るものもあるんですよ」

「でも、盗品てこともあるだろう?」

その場合は、持ち込む人に品があったりするはずがない。

「盗品はすぐわかりますよ。持ち込む野郎がまるで書画のことをわかってねえから」

「なるほどな。だが、殺された男は、あんたのところに来た客のように思えるんだが、まだ、思い出せねえかい？」

「ええ」

いちばんぼろぼろになった虎の屛風絵を指差し、

「これは古いな」

「ええ。でも、古ければいいってものでもありませんよ」

「だろうな」

竜之助はまだ、未練がましく中のものを見回し、

「ところで、さっきの雷の話は本当なんだな？」

と、訊いた。本当なら、この家だけで雷が鳴り響いたわけである。

「はい。でも、ほんとに雨が降った気配はまったくありませんね。おかしなこともあるもんですよね」

久米八は首をかしげながら、目をこすり、耳をほじった。

五

船のところにもどると、一艘しかおらず、大滝治三郎は奉行所に帰ってしまったらしい。遺体をとりあえず猿江町の番屋に移す準備をしていた。

矢崎三五郎にざっと久米八のことを話して、雷の正体を調べたいと言ったが、まるで反応を示さない。

「夢でも見たんだろうが」

「いや、ほんとに見たみたいですよ」

「だとしたって、そんなもの、殺しに関係あるか」

と、相手にしてくれない。

仕方ないので、一通り現地の調べが終わるまで待ち、いったん奉行所にもどってから、あらためて外に出た。

すでに陽が沈みかけている。

「旦那、どこまで行くんですか？」

と、文治が歩きながら訊いた。竜之助の早足に付いてくるので、すこし息を切らしている。

「猿若町(さるわかちょう)さ」

浅草寺(せんそうじ)の東側にある町である。

「芝居小屋ですね」

「雷なんて嘘っ八だ」

「旦那、どうやってお天気をだますんですか？」

「芝居でも雷の場面をやったりするだろう」

「なるほど」

「たぶん音をごまかすんだ。だから、道具係に訊いてみたいんだよ」

文治は先に中村座（なかむらざ）に入って行き、座主と話をつけてくる。

「大丈夫です。道具係は舞台の裏手にいますので行きましょう」

と、いったん外に出て、裏手へと回った。

舞台裏は乱雑だった。役者たちの声も聞こえてくる。何かを踏んだり倒したりして、物音を立てることがないよう気をつけながら、係の者のそばに寄った。

ふと、波の音がし始めた。

一瞬、ここは海辺だったかと錯覚する。

見ると、ざるに小豆（あずき）をいっぱい入れたものを、左右交互に傾けている。小豆がざるの中を転がる音が、波の音にそっくりなのだ。

次に、隣りの男がたらいに砂を敷き詰めたその上で、二つのお椀を叩きつけるようにした。ぱかっ、ぱかっ、ぱかっ……これは馬の足音ではないか。舞台の向こうでは馬に乗った武士が現れたところらしかった。

「へえ、あんなふうにして音を出すんですねえ」

文治は感心した。

まもなく舞台が終わったらしく、舞台裏にもホッとした雰囲気が漂った。

「おう、調べのことで訊きてえことがあるんだ」

と、文治は十手をかざしながら近づいた。

「なんでしょう？」

こんな狭いところで働くのは勿体ないような、がっちりした身体つきの若者である。

「いまさっき、海辺の音とか、馬のひづめの音を立てていたよな。そんなやり方で、雷の音ってのは出せるのかい？」

と、文治が訊いた。

「雷の真似はけっこう難しいのですが、やれないことはありません」

「どうやるんだい？」

「まず、音ですけど、いくつか道具を使います」

係の男はそう言って、三つほど道具を引っ張り出してきた。

細長い筒の下に革が張ってある。その革にバネみたいなものが取り付けられていた。

「これをこうやって振るんですよ」

するど、ごろごろごろ……という音が聞こえる。

遠くの雷である。

「音を強くすると、ほら、近づいてきたでしょう？」

「ほんとだ」

竜之助もうなずいた。

そっと目をつむると、西の空から黒雲が這い上がってくる光景が見える気がした。

次に係の男は、絵のない走馬灯みたいなものを回し始めた。黒い紙が貼られ、ところどころ紙がない。このため、ろうそくの明かりが点滅したみたいになる。

これを軒先あたりでやれば、光が点滅するように見えるかもしれない。

「ここで、どーんと太鼓を鳴らすんです」

言いながら大きな太鼓を叩いた。

「うわっ」

文治はすくみあがった。

雷など苦手じゃない人だったら、怪しいと気づくだろうが、雷が苦手だったらすっかり騙されてしまうだろう。

おそらく久米八は雷が大の苦手なのだ。そのことを知っている者も少なくはないのだろう。

「旦那。これで、仕掛けはわかりましたね」

と、文治は言った。

「そうだな」

「だが、これと殺しが本当に関係があるんですか。たまたま同じ夜に起きたが、単なる悪戯かもしれませんぜ……」

江戸っ子は悪戯好きが多い。雷嫌いの久米八を怖がらせようとしただけかもしれない。

「あ……」

と、文治の顔が変わった。

「どうした?」

「もしかして、雷の悪戯に怒った久米八が、その悪戯者をばっさり……なんて、あの斬り傷を見たら、疑うほうが馬鹿ですよね」

自分の頭を叩いた。

六

竜之助が八丁堀の役宅にもどったのは、ずいぶんと遅くなってからだった。与力や同心だらけのこの町でさえ、すっかり寝静まっている。

「ああ、腹が減った」

「すぐ、ご用意します」

やよいは手早い。忍びの術のように飯の支度をする。

「はい、若さま」

深川どんぶりが出た。

気取った食べ物ではない。ネギをたっぷり入れたあさりの汁を、どんぶり飯にかけてかっこむ。

これがたまらなくうまい。甘すぎず、塩からすぎず。

「若さま。これが」

と、やよいは手紙を差し出した。

差出人は中村半次郎である。

「ずいぶんと汚れているじゃねえか」

「届けてきた飛脚から聞いたのですが、途中、飛脚が谷に落ちて怪我をしたらしいんです。医者に運ばれたりするうち、まぎれたりして、やっと出てきたそうです。だから、ふた月前に書かれた手紙です」

「そいつは大変だった」

竜之助は手紙を開いた。


わたしはついに、柳生の秘密に肉薄したかもしれない。

尾張に伝えられた秘剣の後継者はいま、江戸に行っていていない。

その人はおそらく、徳川宗秋。先の当主のいとこに当たるお人だ。

だが、わたしは秘剣の稽古相手となった者を知った。師というべきではないらしい。雷鳴の剣は一子相伝ということだった。

その者を訪ねた。だが、すでに亡くなっていたのだ。

道場を守る弟子がいた。秘剣はまだ、完全ではなかったのだろう。その者も何度か稽古の相手をしたらしい。

立ち合ったが、わたしが勝利した。

だからといって、その者が秘密を洩らしたわけではない。そもそもが、秘剣の正体を知らないのだ。

しかし、その戦いで雷鳴の剣の秘密を垣間見た。

こちらが上段に構えると、一瞬、目をそらすようにするのだ。まるで、まぶしさから逃れるように。

これで、ぴんときたものがあった。

おそらく、この剣は、光を利用するのではないか。

わたしは京都に急がなければならない。これ以上、とどまるわけにはいかぬ。

この危難を貴公がなんとしても切り抜け、わたしと相対する日を期待する。


手紙はそこで終わっていた。

「光を利用するですって」

のぞき込んでいたやよいが、驚いた声を上げた。

「若さま。風鳴の剣が風を利用するのに呼応するではありませんか。光を使うですって。光と風……どういうことになるのでしょう」

興奮するやよいにうんざりしたような顔をして、

「だから、おいらはもう秘剣とは関わらねえって言っただろ」

そう言って、三杯目のおかわりを差し出した。

七

翌日——。

石川島(いしかわじま)のわきで、焼けた船が見つかった。

報(しら)せを受けて、矢崎三五郎と福川竜之助、それに岡っ引きの文治が現場に向かった。

屋形船である。

こうなる前は、さぞや立派な屋形船だったはずである。屋形のあたりが煤(すす)まみれになっていて、朝の清澄(せいちょう)な光の中で、なおさら痛々しく見えた。

船にはすでに、お船手組の同心が来ていた。

矢崎は顔見知りだったらしく、

「よう、ひさしぶりだ」

と、挨拶した。

「矢崎。これは町方の事件だぞ」

お船手組の同心が言った。

「見てからだよ、見てから」

そう言いながら、船に乗り移った。竜之助と文治も後からつづく。

「またかよ」

矢崎がうんざりした声を上げた。

中では男が斬られて死んでいた。一太刀で喉を斬られていた。

三十代半ば。身なりもいい。

男を殺してから火がかけられたようだが、火つきが悪かったらしく、置いてあった屛風と、下に敷いた畳が焼けただけだった。

「矢崎さん。久米八の家の前にいたのはこの屋形船ですね」

と、竜之助が言った。

「それは間違いねえだろうな」

遺体の持ち物などから、すでに船の主もわかったという。

両替屋の近江屋喬右衛門のものだった。

「いま、呼びに行ってるよ。まもなく来るはずさ」

と、お船手組の同心が言った。

「評判の悪い野郎さ」

矢崎が言った。

「評判のいい両替屋ってえのも、あんまり聞かねえな」

「陸はそんなのばっかりだ。水の上が羨ましいや」

「そうでもねえんだって」

お船手組の同心は苦笑した。

二人の話に耳を傾けつつ、竜之助は焼けた屛風や床や障子をじっと見ていた。

何かおかしかった。火元はどこなのだろう？

障子は障子紙だけが焼け、屛風にしても、床は表面だけが焦げていた。しかも、踏みにじって消した痕さえあった。屛風にしても、骨組みなどはまったく焼けておらず、単に表面だけをさっと炙ったようになっていた。

松明のようなもので、軽く焼いては消したみたいだった。何が描いてあったかはわからない。

――いったい何のために？

何かきわめて大事な文句が書いてあったのか。それとも、よほどの逸品であったのか。尾形光琳(おがたこうりん)か、それとも池大雅(いけたいが)か。

考えこんでいると、外で声がした。

「近江屋が来たらしいな」

と、矢崎が船べりまで出た。

「手前どもの手代が、何やらろくでもないことをしでかしたみたいで、まことに申し訳ありません」

丁寧な挨拶である。

だが、矢崎はそんな挨拶を笑ってやり過ごし、

「まずは殺された男の確認をしてもらおうか」

外から屋形の中を指差した。

首を半分ほど斬られた死体が横たわっている。

近江屋はさほど顔色も変えず、瞬時ではあるがしっかり見つめ、

「知りませんね」

と、答えた。

「ほんとに？」

矢崎は疑わしそうに訊いた。

「おいらたちにもわからねえんだよ。だが、こいつがわからねえとすると、深川の猿江町の番屋にあるもう一つの遺体も見てもらわなくちゃならねえ」

「それなら、早いとこ、行きましょう」

と、乗ってきた船にもどりかけた。

「ちっと待ちなよ、近江屋」

矢崎は近江屋の前に足を投げ出して、乗り移るのを止めた。

「まだ、何か？　わたしは忙しいもので」

「店で誰かいなくなったやつはいねえかい？」

「います。住み込みの手代の五助（ごすけ）という者が、昨晩からいなくなっていると騒いでいました」

「じゃあ、猿江の番屋で横になっているのがそいつだろうな」

「さあ、見てみないと、なんとも」

近江屋の言うことのほうがもっともである。

「これは、おめえの船だよな？」

「ええ。そうですが」

「誰なんです」

「何で、こんなところにあるんだ？」

「それは、この死んだ男に訊かないとわかりませんよ」

近江屋はしらばくれた。しぶとそうである。

竜之助は、矢崎と目が合った。訊いていいかと言うように、自分を指差した。

矢崎はうなずいた。

「この船ですが、近々、使う予定はあったのですか？」

と、竜之助は近江屋に訊いた。町人とはいえ、ずいぶん年上である。人生経験も竜之助とは比べものにならないだろう。矢崎のような、乱暴な口調では訊けない。

「ああ、そうですね……」

ちょっと口ごもった。答えたくないことを訊いたかもしれない。

「ほんとは今日の晩にでも使うつもりだったんですが、駄目になってしまいましたな」

結局、そう答えた。

「いつも、店の横に繋いでおくんですか？」

と、竜之助はさらに訊いた。

「そうですな」

「川遊びにしては早いですよね？」

そう訊ねると、近江屋は竜之助をじっと見たまま答えない。

「福川。この近江屋はな、いろいろ悪事を働いているから、あまり突っ込まれたくねえのさ。な？」

と、矢崎がいつにも増して辛辣（しんらつ）な口調で言った。

「矢崎さまも薩摩屋（さつまや）さんの件で、お話ししたくないことがあるのと同じでございますよ」

「うっ」

矢崎の口が閉ざされた。近江屋もまた、矢崎の痛いところを突いたらしい。

近江屋はにやりと笑い、中をのぞくように、屋形の中に足を踏み入れた。

「……………」

近江屋の顔が歪んだ。

死体を見たのではない。さっき見たときは、顔色一つ変えなかった。

近江屋の視線の先にあるのは、焼け焦げた二枚の屏風のはずだった。

「屏風には何が描いてあったのですか？」

竜之助はすかさず訊いた。

「さあて、何であったか」

本当のことを答えるはずはなかった。

八

近江屋は、深川の猿江町に向かうため、矢崎三五郎とともに、この船から乗り移って行った。

どっちにせよ、この船は元あった近江屋の前の掘割にもどされることになる。

お船手組の同心は不機嫌そうに船首に腰を下ろし、煙草を吹かし始めた。

「さっきの薩摩屋ってえのは何だい？」

と、竜之助は文治に訊いた。

「あっしもそう詳しくは知らねえんですが、昨年のいまごろ、矢崎さまの失態を薩摩屋という商人が救ってくれたらしいんです」

「なるほど」

「失態というのは金がらみのことで、そのとき借りた金は、返済にでも当てたんじゃないでしょうか」

「なるほど」

怖いのは、そうしたことまで近江屋が摑んでいることだった。

竜之助は、屋形の中をぐるりと見回した。

——ん？

屛風の裏手につくりつけの木箱があった。かなり大きなものだが、上に茶道具などが載っていたので気がつきにくい。

「中を見てみよう」

茶道具などを下に置いた。

文治ががちゃりとやったので、

「おい。それだって名品かもしれねえぜ」

「あ、そうですね」

そんなことを言いながら、ふたを開けた。

「おっと、出てきたぜ」

太鼓が二つ、それに回り灯籠（どうろう）らしきものがあった。歌舞伎の道具係に聞いたものにそっくりである。

「やっぱり、こいつらのしわざだったんだ」

「ということは、旦那、ただの悪戯じゃなかったってことになりますね」

「そうさ……」

竜之助は腕組みをして考え込んだ。

「凄い音がして、家中ががたがたいってたらしいぜ。久米八は、怖くて布団をかぶって震えていた。そのときに連中は忍びこんだのだろうな」

「何のために？」

「それなんだよ。久米八は何も盗られていないと言っていた」

「生きてましたしね」

「そう。久米八は何もされていないんだ……」

それも解せない気がする。あれほどの剣の遣い手がいる。もしも久米八から何かを奪おうとするなら、ばっさりやってしまえばいいだけである。

そのことを文治に言うと、

「血が飛び散るのを恐れたんじゃねえですか。血飛沫（ちしぶき）がかかれば、美術品などは台無しでしょう？」

「それもあるかもしれねえ。だが、久米八は隣りの部屋に寝てたし、あれだけの遣い手だったら、そこらはどうにでもできる」

「どういうことでしょう？」

「久米八を斬ることなどどうでもよかったんだろうな。もちろん、顔を見られたりしたなら斬ったかもしれねえ。だが、それは大丈夫だったのさ」

「旦那、あっしはさっぱりわからねえ。何も盗まれていねえんでしょ。では、そこまでの手間暇をかけて、あいつらは何をやったんでしょう？」

「盗まれてねえとは限らねえ」

「え？」

文治はますますこんがらがった顔になっている。

竜之助は言った。

「何かと、何かを交換したんじゃないかな」

九

猿江町の番屋に行くと、さきほど矢崎三五郎と近江屋のあるじが来て、遺体が店の手代の五助であることを確認したという。

五助はそのまま店に運ばれ、葬儀がおこなわれる。

矢崎もそれについて行って、近江屋を調べるとのことだった。

「遺体の身元のことを久米八には確かめねえまま行っちまったみたいだ」

竜之助はそっちが先のような気がした。

文治とともに小名木川から南十間川へ入り、久米八の家に行った。

「あんたに見てもらった遺体なんだが、あれは茅場河岸にある近江屋の手代で、五助という男だったんだよ」

と、竜之助はそのことを伝えた。

久米八は大きくうなずいた。

「あ、そうです。近江屋さんの手代。そうでした」

「思い出したかい？」

「ええ。以前、注文を受けましたっけ。そのとき、ちょうど雷が来てましてね。あっしは怖くてなかなか戸口を開けられず、その窓のところで要件を聞いたりしたんです。だから、顔もろくろく覚えていなかったんですね」

五助もそれで、久米八が異常な雷嫌いであることを知ったわけである。

「注文は、何だったんでえ？」

と、竜之助は訊いた。

「屏風です」

「ほう」

「それもとくに変わったものではありません。何も描かれていない白地と黒地の屛風でした。近江屋さんくらいの豪商なら、もうちっと立派な屛風を飾ってもいいのにと思った覚えがあります」

「なるほど」

「それと、いろいろ訊かれたりしました」

「何を？」

「その何も描かれていない屛風に絵を貼るとしたら、どんな糊がいいとか、どこらに気をつけたらいいのかとか」

「何と答えたんだい？」

「とにかく丁寧に、空気が入らないよう、何人かで協力してやること。それと、糊はわたしがつくったものをお譲りしましたよ」

「なるほど」

　そして、その屛風に、何かの絵を貼ったのだろう……。

　いま、ここにあるのは三つの屛風だけである。あとは、何ということもない絵の描かれていない屛風がいくつかあるだけだった。

「よおく、見つめてもらいてえ。この中に贋物かなんか、混じっていねえかい？」

と、竜之助は久米八に訊いた。

「そんなもの、ないです」

「よく見てくれ」

「わたしの仕事は糊が乾くのを待ったりするので、三点くらいは同時にやります。そのため、これらは毎日、穴が空くほど見つめているんです。でも、そこまで言われると、自信がなくなってきますすな」

「ほらな」

「だが、あっしはいくら眺めても、判断は動かないと思います。これらの持ち主に訊いてもらうしかないですよ」

「たしかにそうだな」

と、竜之助はそれぞれの持ち主を訊いた。

竹林の絵の持ち主は茶人である。名は、大友欽山といい、霊岸島に住んでいる。

唐土の山奥の絵の持ち主は、田安徳川家の用人をしている文倉辰右衛門という人だった。

「支倉……」

竜之助の爺である。

「一見すると品のいい御仁ですが、話すとちょっと変わった方でいらっしゃいます」

そんなところだろう。

三つ目の猫にしか見えない虎の絵の持ち主は、永代寺門前町の骨董屋で珍器堂のあるじだった。

「わかった。直接、調べることにしよう」

と、竜之助たちはいったん外に出た。

十

福川竜之助は、お城の北の丸にある田安門の前にやって来た。

文治はいない。時間がもったいないので、わけて当たることにした。もっともそれは半分、言い訳である。爺とのやりとりで、田安家のことなど竜之助の秘密までばれてしまったら大変である。

はね橋を渡って田安門の前まで来ると、うんざりするような気持ちになる。

ひさしぶりに見るこの門は、やたらと大げさなのだ。奉行所の門など、割り箸でつくった玩具の門のように思えるくらいである。

門番の二人は、幸いあまり顔を見たことがない男だった。それでも、顔を見られないようにして、俯きがちになって言った。

「ちと、支倉辰右衛門どのをお呼びしてもらいたい」

「そのほうは？」

と、やたらと偉そうである。

「福川と申す者」

「町方の者であろう。町方なんぞが当家に何の用だ？」

おめえな、悪いことをしたわけでもねえ者を相手に、何、偉そうにしてやがるんでえ、と啖呵を切りたいのを我慢して、

「町方の用ではない。支倉どのとは、趣味を通じての友人なのだ。ちっと急ぎの用事ができたので呼んでもらいたい」

「ふん」

門番は怪訝そうにしながらも、支倉を呼びに行った。

「若……」

と、大声を上げそうになるのを、

「しっ。ちっと、こっちへ」

はね橋を渡って、お濠の外に連れ出した。

「訊きてえことができたのさ」

「なんでしょう？」

「あんた、深川の猿江町の先にいる久米八という表具師に、唐土の風景を描いた屏風を預けてるだろ？」

「よく、おわかりで」

「あの家に泥棒が入ったんだよ。あの絵は盗られていねえみてえだが、もしかしたら贋物と交換されたかと思ってな」

「それはないでしょう。わざわざ贋物をつくるほどのものではないですから」

「まさか、あんたが描いたもの？」

「いや、それは違います。贔屓（ひいき）にしていた若い絵師が描いたものなんです。結局、まるでぱっとしないまま、昨年、亡くなってしまったんですが、屏風を倒した際に破れたりしたので、修復を頼んだのです」

「そうか」

「絵の評価は難しいですな。あれなどは、隠し絵の手法も使ったりして、面白いのですが」

「隠し絵？」

「はい。空のところに白鳥が飛んでいるのです。それは白い特殊な絵の具で描いているのですが、横からろうそくの明かりを当てたりしないと見えないんです」

「そういう変なことをするから、ゲテモノ扱いされたんじゃねえのかい？」

「あ、そうですね。それより、若、また若を幕閣に迎えようという案が浮上してきてましてね」

「何度言えばわかるんだい。おいらはそんなものはご免だと言ってるだろ」

「あ、若、お待ちを」

慌てて逃げ出した。

ふたたび久米八のところにもどると、文治は一足先にもどっていた。

「あれは、まったく怪しいところはなかった。そっちはどうだった？」

と、文治に訊いた。

「竹林の絵は、今度、寺を借りきってやる大きな茶会で使う予定だそうです。あの屏風は、末端の弟子が使うもので、二流の品とわかっているそうです。悪事に利用されるなんてことはなさそうでした」

「虎のほうはどうだい？」

「あれは、うさん臭い骨董屋のものでしてね。見る目のない客にちっと高く売りつけるつもりで修復させたみたいです。まあ、ろくでもない骨董屋ですが、殺しまでするような悪党でないことは明らかだと思いました」

「そうか」

当ては全部外れ、竜之助はいささか疲れてしまった。

「ほら、ですから、交換なんてことはないでしょう？」

と、久米八は笑って言った。

十一

文治とともに、いったん奉行所にもどりかけた途中、永代寺の門前で瓦版屋のお佐紀と会った。

きらきらしたまなざしはいつもと同じだが、すこし疲れたふうにも見える。

「よう、お佐紀ちゃん」

「福川さま。お怪我はいいんですか？　無理しちゃいけませんよ」

「うん。それより、ちっと表情が冴えねえみてえだぜ」

「近ごろ、面白い話がなくて、この三日ほど、瓦版が出せないんですよ」

「そうだ、お佐紀坊。昨夜、石川島のそばで船が焼けて、人も殺されたぜ」

と、文治が言った。

「ただのむごたらしいできごとでは、わざわざ瓦版は買いません。もっと、驚くようなできごとじゃないと」

「そいつは困ったが、やたらに物騒な事件が起きるのもなあ」

と、竜之助もいっしょになって悩んでしまう。

「ほんとですね。あたし、ときどき瓦版屋じゃなくて、戯作者になろうかなって思うんですよ」

「どうしてだい？」

「だって、戯作者なら真っ白い紙に、自在に物語を書けるんですよ。実際に起きなくても、いくらでも事件をでっちあげられるんです」

「そらそうだな……あ」

竜之助の足が止まった。

「福川さま、どうかしたんですか？」

「わかった。そうか」

いつもならぽんと手を打つところを、左手の指が曲がらないのでうまく叩けない。ぱちんと指を鳴らした。

「え？」

「おい、文治。急いで久米八のところにもどるぜ」

「どうしたんで？」

「やつは、もう一度、来る」

「久米八のところに？」

「急いでいるはずだから、おそらく今宵にも来るぜ」

「では、待ち伏せるので？」

「ああ」

とうなずいて、竜之助は自分の左手を見た。柄に添えることはできるが、力を利用することはまずできないだろう。

いくら相手が町人とはいえ、二人とも一刀のもとに斬り捨てている。かなりの遣い手であることは間違いない。

そんな竜之助の不安がわかったらしく、

「旦那。一人で戦おうなんて思ってはいけませんぜ」

と、文治は言った。

「うん。大滝さんや矢崎さんにも助けてもらうさ。ただ、その前に、おいらの推測が当たっているかどうか、確かめなくちゃならねえ」

「わかりました」

「それと、お佐紀ちゃん。よかったら今夜は猿江町の番屋に詰めてみな。大きな捕り物と出会えるかもしれねえぜ」

　竜之助はにっこり微笑んだ。

十二

　奉行所から、二艘の船で久米八の家に向かった。

　大滝治三郎も矢崎三五郎もいる。それに、突棒（つくぼう）や刺股（さすまた）でしっかり武装した四人の小者。そして、竜之助と文治。

　おそらく、下手人はたった一人だろう。すでに二人死んだ。雷の道具も三人分だったし、さらなる犠牲者も出ていない。

　万が一にも取り逃がすことはないだろう。

船の中で、竜之助は大滝たちに説明した。

「首謀者は最初に斬られた近江屋の手代の五助だったと思います。ただ、抱き込んだ者にひどく腕が立って、ひどいやつがいた」

「おそらくそうだ。おいらは五助を洗ったんだが、この数年は深川の賭場に入り浸って借金もこさえていた。そのバクチ仲間に、屋形船で殺された竜次って野郎と、上田の旦那と呼ばれていた浪人者がいたそうだ」

と、矢崎が言った。さすがに調べるべきところは、ちゃんと調べていた。

「五助は、近江屋のお宝を横取りする方法を考えました。そのお宝は、おそらく近江屋のあるじが屋形船に乗せて、陰のほうでお付き合いがある偉い人たちにでも見せるつもりだったのでしょう。もちろん、趣向は絵だけでなく、いろんな贈りもの付きなのでしょうが」

「船というのは完全な密室になるからな。悪事にはよく利用されるのさ」

と、大滝はうなずいた。

「その船に、五助は早めにお宝を積み、漕ぎ出しました。行く先は南十間川に近い久米八の家です。五助は、久米八が雷をひどく嫌って、身動きもできなくなることを知ってました。それを利用して、お宝と久米八のところのものを交換しようとしたのです」

「ほう」

　矢崎は感心した。

「それはうまくいきました。久米八のところにお宝が置かれ、屋形船は贋物を積んで出ようというときに、五助はばっさりやられました。それから大川を出たあたりで竜次が斬られ、贋物のお宝は、表面だけが焼かれてしまいます。もちろん、近江屋のあるじに、本物は曲者（くせもの）によって焼かれてしまったと思わせるためです。まるで火付けに失敗し、表面だけ焦げたように見せかけたのは、元のかたちをわからせるためだったのです。全部焼けてしまったら、どこかに本物があるのではないかと疑ぐられますからね」

　竜之助は、ゆっくり、わかりやすく語った。

「おい、福川。では、いまは久米八のところにお宝があるってわけだな？」

　と、大滝が訊いた。

「はい、あります」

「だが、それらしきものはなかったぞ」

「目立たないんです、それは」

「え？」

「新しい、何も描かれていない屏風に見えるからです。あそこに、白地だけの紙と、黒地だけの紙が貼られた屏風があります。それには、光りにくい特殊な絵の具で見事な絵が描かれていました」

竜之助が文治を見ると、文治も大きくうなずいた。さっき、二人は自分の目で確かめている。

ふつうに見ても、ただの真っ白い屏風と、真っ黒の屏風にしか見えない。だが、斜めからろうそくの光を当てると、迫力のある絵が浮かび上がった。

「何の絵だ？」

矢崎がじれったそうに訊いた。

「黒地のほうは、闇夜のカラス」

「闇夜のカラス……」

「白地のほうは、雪原のウサギ」

「なんと」

「それも、一匹や二匹ではありません。無数のカラスが空を飛び、無数のウサギが雪原を駆けていました」

「圧巻だろうな」

　大滝はまだ見てもいない絵に感動したように言った。

「それは見事なものです。屏風の隅に作者の名が記してありました。画狂老人という署名でした」

「画狂老人？」

「この人はほかにもたくさん名前があります。いちばん有名なのは、葛飾北斎」

「北斎の肉筆画か」

　大滝はため息をつくように言った。

「北斎という人は、恐ろしく巨大なダルマの絵を描いたり、ニワトリの足に朱を塗って紅葉を描かせたり、突飛なことを好みました。闇夜のカラスに雪原のウサギなどは、面白がって描いたに違いありません」

「だろうな」

「それに、浮世絵にいち早く、ベロリン藍という向こうの絵の具を使った人でもあります。隠し絵にするような特殊な絵の具の知識もあったでしょう。そんなわけで、見る者が仰天するしかない傑作が誕生したのです」

　竜之助はいつになく雄弁になってしまった気がした。それも、あの北斎の傑作を目の当たりにしたからだろう。

「だが、近江屋はそんな大変なものを盗まれたのに、何も言わなかったではないか」

と、矢崎が言った。

「言っても、絵はもどってこないでしょう」

「そりゃそうだ」

「しかも、あの絵、おそらく近江屋のものではないのだと思います」

証拠はないが、竜之助はそう思っている。北斎は十数年も前に亡くなっている。依頼した人を確かめるのは難しいだろう。

「そういえば……」

大滝は思い出した。

「数年前、とある大店が襲われ、家財がずいぶん持ち出されたことがあったのさ。その中に、あったかもしれねえな」

「おい、福川。下世話なことを訊くがな」

と、矢崎が言った。

「なんでしょうか？」

「その久米八のところの本物は、近江屋に返すことになるかな?」

「それはわたしに訊ねられても困ってしまいます」

「そりゃあそうだな」

　矢崎も納得した。

　だが、これだけの犯罪にからむ物だけに、「はい、どうぞ」と近江屋に返すことはないだろう。それは奉行所かお城の中に証拠の品として納められるに違いない。

　そうしたものは、往々にして火事で焼けたり、行方がわからなくなったりするのである。

　そして、何百年後だかにひょいっと現れて、世間を驚かしたりする。描き手の北斎なども、そういうことを望んでいるような気がした。

十三

　男が現れたのは予想よりはるかに早かった。

　日が暮れ、世間の人たちが夕飯を食べようかというころ、この前、船があった場所に小舟を着けた。

それもそうだろう。今度は余計な仕掛けなどする気はない。一刀のもとに久米八を斬り捨て、屏風を二つ持って逃げるつもりである。

閉まっている戸口を蹴破ろうとしたとき、

「おい、上田なにがし。おめえだよな、近江屋の五助と竜次というヤクザ者をばっさりやったのは?」

と、矢崎が声をかけた。

——早すぎた。

と、竜之助は思った。中には誰もいない。久米八は番屋に避難し、いまごろは瓦版屋のお佐紀から、いろいろと質問攻めに遭(あ)っているだろう。お宝の屏風は、すでに持ち出している。いったん中に閉じ込めてしまい、煙で燻(いぶ)り出したってよかったのだ。

「なに?」

上田は振り向いた。

同時に周りにひそんでいた奉行所の面々が、上田を取り囲んだ。龕灯(がんどう)が上田に向けられ、姿もはっきりと浮かび上がる。

瘦身(そうしん)の三十前後ほどの武士である。

袴をはき、刀は一刀だけである。それをすばやく抜き放って正眼に構えたその姿は、まさに一分の隙もない。

——こりゃあ手こずるぞ。

と、竜之助は思った。

上田はいきなり走り出した。

「逃げるか」

小者がそれを追った。

わざと追いつける距離にしている。

案の定、振り向きざま、一人の腕を斬り、もう一人はのけぞらせて、足を斬った。これでもう二人が戦力から外れた。

「こいつ」

矢崎がいちばん遠いところからいっきに追いついてきた。健脚自慢で、こういうときには走り回らずにはいられない。

「うわっ。腹をやられた」

畑に倒れ込んだ。

「矢崎さん。しっかりしてください」

と、竜之助は駆け寄った。

「もう駄目だ」

傷を見た。横一文字に傷が走っているが浅い。内臓までは届いていない。

「大丈夫です」

とは言ったが、もう戦うことは難しいだろう。

「えいっ」

と、文治が上田に向かって紐がついた十手を投げつけた。試みとしてはいいが、狙いが悪かった。かんたんにかわされ、引きもどすところで紐を切られた。

上田はそれをすばやく拾って、文治に投げつけた。

「ぐっ」

頭に命中し、文治は昏倒(こんとう)した。

早くも四人が戦力外となってしまった。残るは竜之助のほか、大滝と小者二人。大滝はあまり剣術が得意ではない。小者二人はこの男の強さにすっかり腰が引けている。

「おい、やるじゃねえか」

竜之助はそう言って、小者たちの前に出た。

「福川」

と、大滝が呼んだ。怪我をいたわってくれているのだろう。

「まかせてくださぃ」

一歩、前に出た。刀は抜き放ち、下段で右に倒している。左手は柄にそっと添えただけである。

「ほう」

と、上田の顔が変わった。

刀を肩にかつぐようにしていたが、正眼にもどし、正面を向いた。

「やっと一人前の侍が出て来たかい」

「そうでもねえんだが、心が壊れちまった野郎を相手にするのは、おいら程度で充分だろうな」

竜之助はそう言って、前進した。大きく右に左に体勢を変化させながら突進する。

「うぉーっ」

男も踏み込んで来たのを、右にかわしながら軽くうけ、すれ違いざま、腕を斬ろうとした。しかし、斬れなかった。左手だけでは刀を摑めないのだ。あとひと伸びが足りない。

場所が入れ替わって、もう一度、対峙した。

「おぬし、左手を怪我してるのか？」

見て取ったらしい。それだけでも、この男の技量が並みではないことがわかる。

「なあに、かすり傷さ」

「それでは勝てまい」

横殴りの剣がきた。

まともには受けない。これだけの遣い手だと、右手一本では力負けする。

一歩、引きながら受けて、相手の剣が離れるときに、刃を寝かせた。

峰は返していない。つーっと二の腕を撫でた。太い静脈を斬った。凄い血が流れ始める。

「くそっ」

血しぶきを投げつけるように、もう一度、来た。こっちの右手ではなく、左手を狙っていた。

弱いほうを狙う。それも鉄則である。かばおうとする気持ちが体勢を崩す。だが、竜之助は崩れない。逆に、撃って出る。すれ違いざま、肩を斬った。深くはないが、筋の一、二本は断ったはずである。刀を振る速度は、自分で思うよりも瞬時、遅れるだろう。

それは気づかせない。気づく間を与えない。

竜之助は前進しながら沈みこみ、下から剣をはね上げた。片手だけだが、鞭（むち）のようにしなる。上田の刀を巻きあげ、高々とその剣をはじき飛ばしていた。

十四

京都はますます混沌としていた。

中村半次郎は、昨年の暮れには京都にもどっていたが、いささか憂鬱（ゆううつ）だった。どうにもこうにもすっきりしないのである。

いったい誰のために戦っているのか、誰と手を組んでいるのか、それらがわからなくなってくるのだ。おそらく、西郷吉之助はわかっている。複雑な流れの中で行くべき方角は見失っていない。

——だが、このおれときたら……。

命じられるままに、血の匂いのするところへ行き、刀を振り回しているだけだった。

気に入らないのは、新撰組の連中だった。

江戸に行っているうちに、ずいぶん態度が大きくなっていた。京の町を肩で風を切って歩いている。

組長は近藤勇という男だった。

おそらく腕は悪くない。道場ではたいしたことはなくても、実戦になると強いだろう。

一人、気になる男がいた。

まだ若い。二十歳をいくつか出たくらいか。

名は仲間から聞いた。沖田総司。新撰組ではあれがいちばん腕が立つのではないか。

表立っては、薩摩は新撰組とは敵対していない。

だが、中村半次郎は自分一人だけのことなら、喜んであいつらと戦ってみたい。なんなら、闇討ちでも仕掛けてみたい。だが、西郷は許してくれないだろう。

こんな煮え切らない日々を送るなら、もう一度、江戸に行きたいと中村半次郎は思った。

　とくに、徳川竜之助には会ってみたかった。

　なんとしても伝えたい話がある。とても、書状にして飛脚で送るような話ではない。

　真偽も定かではない。

　古い古文書が出たのである。

　名古屋に滞在しているあいだ、城下の本屋とも骨董屋ともつかぬ店に立ち寄ったときだった。ここは瀬戸が近いので、西郷の土産にできるようなものはないかと思ったのである。

「武芸者でいらっしゃる？」

　と、店のあるじが声をかけてきた。歳は六十ほどだろう。眼鏡をかけている。

　そう出鱈目の商売をするようには見えない。それにずいぶん古い家で、代々、ここで商売をしてきたのだろう。こういうところは、にわか骨董屋と違って、割合にちゃんとしたものを売る。

「む」

　中村半次郎はうなずいた。偽る理由もない。

「面白いものがありましてな」

「ほう」

「古文書のようなものです。百年ほど前のものでしょうか」

「わしは古文書とか、学問とかその手のものには興味はない。あいにくだな」

断って出ようとしたとき、

「どうやら秘剣同士の対決の記録のようなものなのです」

と、言った。秘剣という言葉に引き戻されるように、半次郎はふたたび腰をかけた。

「秘剣などのことがやたらに書かれるわけはあるまい。ひっそりと語り継がれるものだぞ」

「もちろん、わたしもそう思いました。ただ、武芸者たちの世界なら、そういうこともあるでしょう。これは、村の百姓が書き遺していたもので、なおさら信用がおける気がするのです」

「ほう」

「百姓など、そんなものを書き遺しても一文の得にもなりませんから」

「たしかに」

と、中村半次郎はうなずいた。だんだん見てみたくなってきていた。

あるじはそれを店の奥にあったタンスの引き出しから出してきた。

「あまりに奇妙な決闘のことが記されていて、わたしも学者の何人かに鑑定を頼んでみました。皆、これは戯作だろうと言いました。こんな馬鹿げた立ち合いなどあるわけがないと」

「戯作か」

と、半次郎も落胆した。

「ただ、お一人だけ、さっと顔色が変わり、そのほう、これをどこで入手したと訊かれました。近辺の豪農が、蔵の整理をしたとき出たものをまとめ買いし、そのうちのいくつかがうちのところに入ったものですと、正直に答えました。すると、これはやたらに見せぬほうがよいぞと、そう申されて帰られたのです」

「なんだ、買わなかったのか？」

半次郎は拍子抜けして訊いた。それほど凄いものなら、自分で手に入れようとするのではないか。

「剣など遣わないお人ですぞ。武士ではありませんぞ。価値は認めても、自ら入手するとは限りませぬ」

それもそうだな、と半次郎は思った。

「では、見せてくれ」

「一部だけですよ」

「ケチなことを言うなよ」

「店先で読まれて帰られては、手前どもも飯の食いっぱぐれです」

「わかった。ほんの一部だけでかまわぬ」

そう言って、開いたところだけを見せてもらった。

文字だけでなく、絵もある。浮世絵ではない。素人が描いたいかにもへたくそな絵だった。丸と線だけで描かれた人物らしいのが、棒を二本、持っている。棒に見えるが、当然、これは刀なのだろう。

「風が鳴った……」

その文字に目がひきつけられた。

「大は刀を寝かせるようにした。何かを探すように、刀はゆっくりと動いた。しばらくして動きが止まった。風が鳴いた。悲しげな音だった。小は、二本の刀を頭上で交差させた。小の刀は、幅が広いように見えた。陽をうけて、ぎらぎらと光った……」

字が大きい。その見開きはそれしか書いていない。

紙をめくろうとすると、

「お武家さま、困ります」

と、あるじが手でその文書を隠した。

「これだけではわからん」

「それでも、困ります。ちょっといいところを開いてしまったみたいで」

半次郎からそれを取り上げ、後ろ手に隠した。

「大と、小がいたな」

「はい。そのお二人が戦うのでございますよ。延々とね。大きな身体のお人と、小とありますが、そう小柄な人ではありません。ただ、大と比べてという意味なのでしょうが」

「いくらだ？」

と、半次郎は訊いた。

風が鳴いたという箇所がどうしても気になる。刀を寝かせるようにしたというあたりも。まるで、風鳴の剣そのものではないか。

「一両」

と、あるじは言った。

「一両！　馬鹿を申せ」

「いや、これはそれよりまけることはできませぬ」

「こんな薄汚い書きつけだぞ」

「書いてあることの重みが違います」

「なぜ、わかる？」

半次郎が訊くと、あるじの顔が強張った。

言うか、言うまいか迷っているのだ。

「どうした？」

半次郎も異様な雰囲気に飲まれて、小声で訊いた。

「この人たちが着ていた着物の描写があります。紋所が記されていました。それはお二方とも、三つ葉葵（あおい）のご紋」

「なんだと」

これには半次郎も驚いた。言葉を無くした。店の中が急にひんやりしてきたように思われた。

たしかに重大なことが書かれてあるのだろう。

「それにしても一両は高い。二分だ。二分出そう」

「いえ。お引き取りください」

あるじはきっぱりと言った。

仕方なく半次郎も諦め、店を出た。

ところが、半刻（一時間）後には、ふたたびこの店に舞い戻っていた。もちろん、一両を持って……。

十五

半次郎も、これにはかなり重大なことが書かれてあることはわかった。ただ、なにしろ、学問というものをあまり熱心にはやってきていない。方々に読めない文字が多すぎた。

そこで、名古屋での解読は諦め、京都まで持って帰ったのである。

もちろん、西郷に解読してもらうつもりだった。西郷なら、読めない文字など一つもなく、裏の裏までその意味を理解するに違いない。

そのとき、西郷は一笑に付し、

「半次郎どん。ずいぶん無駄な贅沢をしてきたな」

などと言うかもしれなかった。

だが、西郷になかなか会えなかったり、半次郎も血生臭い決闘のあとで、ついこのことを失念したりして、見せるまでにはずいぶん時間もかかってしまったのである。

ようやく西郷吉之助にこの文書を見せたのは、最近になってのことだった。

「西郷どん。これをざっと読んでもらえませんか」

「ほほう。古そうな文書だ」

西郷は手に取り、これを読み始めた。

ちょうど餅を焼いて、いまからそれを食おうかというときだった。西郷は大食漢である。網の上に餅を十ほど載せていた。その餅が焼けてふくらみ、はじけてしなびたようになっても、餅を皿に移そうとはしない。半次郎がかわりに焼けた順から皿に移し、しょうゆをかけてやった。それを手に取ろうともしない。

ようやく顔を上げた。

「半次郎どん。これをどこで手に入れた?」

「名古屋城下の骨董屋とも本屋ともつかない店でした」

「大変なものを手に入れた」

西郷はいくらで買ったなどとは訊かない。

「うさん臭い代物かと心配したのですが」

「いや、正真正銘、嘘偽りのない目撃談だ」

それから、ようやく、焼けている餅を口にした。

「驚いたもんだ」

餅を食いながら言った。

「大と小とが戦いますでしょう？」

「うむ」

「誰と誰なのでしょう？」

「半次郎どんはそれも知らずにこれを買ったのか？」

と、西郷は大きな目を丸くした。

「あるじが見せようとしなかったもので」

「大は、将軍吉宗公だ」

「えっ」

「小は、尾張の徳川宗春さま」

「なんと」

名君の誉れ高い八代将軍吉宗の治世に、真っ向から異議を唱えたのが、尾張の宗春である。

質素倹約を旨とする吉宗の施策にさからって、宗春は贅沢や華美を奨励した。尾張城下に、遊郭やら芝居小屋が櫛の歯のごとく立ち並んだのである。

その宿敵同士がまさか、剣を取り合って戦ったなどということが、本当にあったのだろうか。

「もちろん、この書き手はそういうこともわからぬまま書いているのだ。だから、なおさら信憑性(しんぴょうせい)を持ったのだがな」

「いつのことですか?」

「わからぬ。だが、おそらく吉宗公が将軍職に就いてしばらく経ったあたりのことではないかな。たしか、宗春さまが十ほど年下だったように覚えているが」

じっさいは、十二歳年下である。吉宗は三十二の歳に将軍職に就いた。とすれば、この決闘は江戸でおこなわれたのか、それとも名古屋でか。

「だが、いくらなんでもそのようなことが」

「おいもそう思う。だが、この秘剣の記述がこれが本物であることを示しているのではないかな」

「秘剣の記述？」

「これによれば、風鳴の剣は、刃で風の方向を探る。やがて、風をとらえたときに、刃は鳴き始める」

「まさに、風鳴の剣です」

「これを知っていること自体が、嘘偽りではない」

「あ、相手の剣は？」

「どうやら、二刀で陽光をとらえるらしい。その二つの刀を明滅させるようにして、相手の目を撃つのだ」

「なるほど」

　しかし、それも風鳴の剣と同様に、言うやすくおこなうは難しという技であるに違いなかった。

「徳川にはこうした二つの秘剣があったのだな。半次郎どん、これは使える」

「使えるというと？」

「幕府を倒すのに、尾張が使えるのさ」

　西郷はそう言って、にやりと笑った。誰にも好かれる柔らかな笑みをたたえる西郷。だが、その西郷にはもう一つ、このような翳（かげ）りと毒を持つ笑いがあることを知っている者は少ない。

「それで、西郷どん。その対決の結果は？」

「なんだ、それもわからないで買ったのか？　じつはさ……」

中村半次郎は、その対決の一部始終をぜひとも徳川竜之助に伝えてやりたいと思った。

十六

柳生清四郎が山からもどっていた。

砂村の海辺に庵を結んでいる。

凄まじい訓練の結果、決して満足のいくものではないにせよ、どうにか身体は動くようになった。ただ、左足だけはよほど損傷がひどかったらしく、曲げるのはほとんど難しかった。

その清四郎の前に、竜之助が現れた。

顔つきがいつもと違う。

「どうなされた？」

「柳生全九郎の墓を参って来ました」